ぱくりぱくられし

木皿泉

紀伊國屋書店

ぱくりぱくられし目次

ぱくりぱくられし……7

ドラえもんの道具……8
ネタ消費……13
生きているという手応え……19
家族の二重性……25
人魚姫……31
男の美意識……37
競争をやめてみる……42
つくるということ……47
科学信仰と捏造……52
マイジャー……58
お墓に入ったつもりで書く……63
たまたま……68
何も持ってないという自覚……74
私の問題など何ものでもない……79

捨ててこそ……85
恋愛と消費……90
私だけの部屋……95
まだこの世にないもの……101
物語は違和感から生まれる……106
寅さんのアリア……111
待つことと待たれること……116
生きる力を与えてくれるもの……121
日記の人、手紙の人……126
ぱくりぱくられ……131

嘘のない青い空……137

お義母さんのダイヤモンド……138
花は散らねば……139
日常と非日常の不思議……141

よく食べる子供だったら……143
メモ用紙になった封筒……144
生きているという実感……146
五月病……148
恨みや嫉妬は小さく折りたたむ……150
掌の葉っぱ……151
最低の気持ちから生まれてくるもの……153
からっぽの箱……155
世間体との戦い……156
水先案内船……158
女を降りる……160
糧を得る……162
感謝を伝える……164
セミの声……165
私のことは忘れて下さい……167
私は私になっていった……169

生きている実感のない人……171
硬い殻をやぶってみれば……172
分け合った饅頭……174
パチンコにはまっていた頃……176
非日常の空間……178
光るドクロ……180
「みなさんさようなら」……181

ラジオドラマ「け・へら・へら」作・妻鹿年季子……185

思いのほか長くなってしまったあとがき……241

装幀　名久井直子
装画・題字　後藤美月

ぱくりぱくられし

ドラえもんの道具

――「二〇一〇年には、まだあるのよ奇跡」

『Q10』9話

弥生犬　我々は、夫婦ふたりで、ドラマの脚本など書いているわけですが。

（弥生犬／木皿泉・男　縄文猫／木皿泉・女）

縄文猫　思えば、こうやって仕事できるのも先人たちのおかげです。

弥生犬　テレビドラマ『Q10《キュート》』などは、SFですからね。アイデアを借りなければ、絶対に書けません。タイムマシンなんて、画期的な発明だと思いませんか？

縄文猫　時間SFは、胸がキュン！　となりますね。

弥生犬　時間を越えることで、人の命のはかなさに気づかされるというか。

縄文猫　そう。時間をどうにかするというスケールの大きな話なのに、描くのはささやかな日常ですからね。

弥生犬　鳥の目と蟻《あり》の目が同時に書ける。便利です。

縄文猫　でも私は、SFの教養が全くないのに『Q10』を書くことになってしまって、頭を抱

弥生犬　えましたよ。そしたら弥生犬さんが、コレを読みなさいって。
縄文猫　『ドラえもん短歌』（小学館）ですか？
弥生犬　そう、それ。私はSFといったら、壮大なものしかイメージできなかったんですけど、そうじゃないよと。
縄文猫　歌人の枡野《ますの》浩一さんが選者となって、『ドラえもん』の世界観をよんだ短歌を集めた本です。
弥生犬　漫画がテーマなのに、なぜか、どれも身近というか、リアルな歌が多いですよね。
縄文猫　ボクは、この『ドラえもん短歌』に、SFの特徴が集約されていると思うんですよ。
弥生犬　ほう。SFの特徴といいますと？
縄文猫　「科学なんか、科学技術なんか持たなかったら、どんなによかったか」。このテーマのリフレインが、SFの本質じゃないでしょうか。
弥生犬　それって、なんか後ろ向きだなぁ。そんなネガティブなもんなんですか？
縄文猫　ボクが知る限り、SFというのは暗いもんです。科学の発展が必ずしも人を幸せにしない、という話が実に多い。
弥生犬　たしかに。大阪万博の時のテーマは「人類の進歩と調和」だったけど、あの時点（一九七〇年）ですら、そんなのんきなこと、みんな、信じてなかったような気がしますね。
縄文猫　急激な経済発展で、生活に歪《ひず》みが出始めていた頃ですからね。みんな、どこかでヤバいと思いつつ、でも進歩するのが悪いことだとは、正面切って大声で言える雰囲気ではなかったんじゃないですか。

縄文猫　言っていたのは、岡本太郎。あと、三島由紀夫も、日本人が失うものを予言してます。

弥生犬　そう。失うものがあるんですよ。この歌集で拾ってみると――。

「自転車で　君を家まで送ってた　どこでもドアがなくてよかった」

「奥さんが　どこでもドアを持ってたら　あたしたちもう会えなくなるね」

「君と僕　ため息だけで会話して　翻訳コンニャク出番はこない」

縄文猫　みんな、「ドラえもん」の道具なんか、なくていいって言ってますね。

弥生犬　不便をなくすことイコール幸せ、じゃないのかもしれません。

縄文猫　わかるなぁ。ほら、掃除機って便利だけど、ゴミが見えないじゃないですか。でも、箒《ほうき》を使うと、すごいんですよ。一日でも、すごくたまってるの。それを捨てて、あーさっぱりしたって思うんですよね。便利になる度に、私たちは、そういった実感を、ひとつひとつなくしていったのかもしれません。

弥生犬　人間は歴史を下るに従って、自然と一体化することをやめ、対象化し、操作するようになってしまったということです。

縄文猫　でも、それってエスカレートしてゆく一方なんじゃないですか。ここまで、なんて線引きはできないでしょう？

弥生犬　江戸時代には「飛び道具とは卑怯なり」という日本人特有の見識があって、歯止めがかかっていたので、おおっぴらにハメを外せなかったけれど、近代化以降は、核の最終処分問題まで突っ走ってしまいました。

縄文猫　でも、今さら自然に戻れと言われても困りますよね。

弥生犬　縄文猫さんは、前は使っていたのに電子レンジも掃除機も炊飯器も使わなくなったじゃないですか。

縄文猫　それは、エコとかじゃなくて、単に面倒だからです。掃除機より箒の方が取り出しやすいし、電子レンジや炊飯器は、置いておくと台所が狭くなる。

弥生犬　便利グッズとか嫌いですよね。

縄文猫　何かのためだけに特化したものって、それ以外の場では全く意味を持たないってことでしょ？　生野菜を水切りする器具は便利だけど、サラダを食べない日は意味なくそこにあるわけで、それがイヤなんです。道具はシンプルで多様な用途に使えるものであって欲しい。便利グッズが増えてゆくと、整理能力のない私の台所は、混沌としてくるんですよね。

弥生犬　たしかに、地球は欲望のために混沌としてきたのかもしれない。

縄文猫　私の知ってる人は、欲しい物を次々に買うんだけど、それを開ける暇がないから、ソファの上にそのまま積み上げていって、それでも気持ちの方は買わずにいられないらしくて、部屋は手がつけられない状態になってゆく一方だそうです。

弥生犬　欲望のままに生きることを、我々は本当に望んでいるんでしょうかね？

縄文猫　本当は、誰か止めてって、心の中で言ってるのかもしれません。

弥生犬　小津安二郎の映画『秋刀魚の味』で、老いた笠智衆《りゅうちしゅう》が、若い奥さんをもらった昔の同級生に「不潔だ」って言うシーンがあるでしょ？　でも、あれ、よく考えると、娘を嫁にやったばかりの笠智衆が、自分自身に言ってる言葉なんですよ。妻を亡くして、娘を適齢期になっても結婚させずに自分の手元に置いていた。そういう身勝手な自身の欲望に対して、「不潔だ」と言ってる。

縄文猫　小津さんは、欲望のままに生きることを、バランスを欠いた醜いことだと思っていたんですね。

弥生犬　消費が美徳の世の中で、しかもスポンサーに食わせていただいている脚本家の身の上では、そんなこと大声では言えませんが。

縄文猫　私も、「ドラえもん短歌」、思いつきました。

弥生犬　ほう、どんな？

縄文猫　「ジャイアンが　歌が下手だと殴られる　倍ほどもある和田アキ子に」

弥生犬　欲ばっかりが先行する我々には、頭からどやしつけてくれる人が、今、本当に必要なのかもしれませんねぇ。

ネタ消費

――「私みたいな者も、居ていいんでしょうか？」
「居てよしッ！」

『すいか』1話

弥生犬　ネタ消費というのがあるそうで、これが景気に与える影響は、バカにならないそうです。

縄文猫　ネタ消費って何ですか？

弥生犬　ブログなんかを書くためのネタに、けっこうお金を使ってるんです。

縄文猫　あぁ、「こんなもん買いました」とか、「旅行行ってきました」みたいなことですね。

弥生犬　我々だって、エッセイなんか書いていると、すぐネタに困るじゃないですか。

縄文猫　そんなに面白いことは、そうそう起こらないですからね。しかし、一般の人も、ネタを探してるんですね。

弥生犬　今ほど、ありとあらゆる人が、メディアを持って発信し、語りたがってる時代はないんじゃないですか。

縄文猫　ファミレスで、若い男女が、Twitterの話をしてましてね。オレのフォロワー数は3や、とか言ってるんですよ。

弥生犬　喫茶店で集えよ、と思いますね。

縄文猫　ほんと、そう。その3は、エリカとトモちゃんとカズや、みたいなことを言ってるんです。ちょっと自嘲的な感じで。

弥生犬　ネット上の交友関係は、もろ数字に出てきますからね。人の輪を広げるつもりで始めたのに、寂しいのはお前だけじゃ、と言われてしまうんですね。

縄文猫　惨めな思いをしないために、みんな必死にネタを探してるんだ。

弥生犬　そういや、中学生が小学生に暴行している動画をサイトにアップして捕まってましたね。動機は、アクセス数を増やしたかったからだと言っていたそうです。

縄文猫　何でそこまで、と思うけど、今の人にはけっこう切実な問題なんですね。

弥生犬　リアクションがないというのは、辛いんでしょう。

縄文猫　だからと言って、お金をかけるのはまだしも、犯罪までやってしまいますかね？

弥生犬　数字を上げることに血道《ちみち》を上げ始めると、歯止めが効かなくなるんですよ。

縄文猫　そこまでしなければならない自分の存在って、何なんですかね？　他者の他者が自分だと言う人もいますが。

弥生犬　他者の他者というのは、自分を社会的にとらえる見方で、それを横軸と考えると、それとは別に縦軸の〈自分〉のとらえ方もあるんじゃないかな。

縄文猫 縦軸の〈自分〉って何ですか？

弥生犬 波のような、うねりを持ったグラフの中に、自分があるような気がします。

縄文猫 話がややこしくなってきましたね。それは、どんなイメージですか？

弥生犬 空海は、「四生《ししょう》の盲者は盲なることを識《さと》らず、生まれ生まれ生まれ生まれて生《しょう》の始めに暗く、死に死に死に死んで死の終りに冥《くら》し」（「秘蔵宝鑰《ほうやく》」巻上　序論『空海コレクション1』宮坂宥勝監修、ちくま学芸文庫）と言ってます。

縄文猫 何か、ものすごい言葉ですね。

弥生犬 天賦の才に加えて、修行を重ねた人だからこそ見えた本質なんでしょう。いずことも知れぬ闇の中から生まれ、たかが数十年だけ何ものにも転化できない孤独の中で、また闇にのみこまれてゆくのが人という存在というわけです。

縄文猫 自分という存在は、自分ではわからない、ということですか？　わからないまま、ぽっと生まれて、ぽっと消えてゆく。それは、たよりない話ですね。

弥生犬 だから、「あなたは、あなたとして、そこにいるだけでいい」と誰かに言われないと、やっていけない。

縄文猫 それで、ブログやツイッターで、自分のことを書くんだ。

弥生犬 見てくれている人がいる、ということで承認してもらっている気になるんじゃないですか。人に見せない日記帳じゃダメなんですよ。

縄文猫　それは、昔だったら、仏壇がやってくれてたんじゃないですか。死んだおじいちゃん、おばあちゃんが、見守ってくれている、みたいな。

弥生犬　仏壇は、先祖代々の霊を祀《まつ》っているから、延々と続く長い時間の中に自分がいる、と認識できますからね。よくできたシステムです。

縄文猫　でも、仏壇とか神棚とか、今の家にはないんじゃないのかなぁ。

弥生犬　法事みたいな行事も、なくなってきてるしね。自分の存在のアリバイ証明は、自分でなんとかしなくてはいけないのでしょう。

縄文猫　私たちが書いたドラマ『すいか』の中で、主人公が「私みたいな者も、居ていいんでしょうか？」と聞くシーンがあるんだけど、浅丘ルリ子さん演じる大学教授が「居てよしッ！」って言うんですよね。みんな、あのセリフが好きですよ。サインを求められる時、「居てよしッ！」も書いて下さいっていう人、多いです。

弥生犬　だから、確認させて欲しいんですよ。居てもいいって。誰もが病的なまでに、そうなんじゃないかな。

縄文猫　そうか。ひょっとして、今、仏壇にかわって、「居てよしッ！」と言ってくれるのは、テレビなのかな？

弥生犬　まぁ。たしかに、どちらも四角い箱ですが。

縄文猫　テレビで言うことは、とりあえず、みんなの共通の言葉なんですよ。専業主婦の人からファンレターを貰ったんですが、「ノンキでいいわね」とか厭味《いやみ》を言われて肩身の狭い思いをしていて、だから専業主婦も居ていいんだ、というドラマを書いて下さい、みたいな内容なんです。つまり、テレビで言ってもらえれば、自分の存在が認められる、ということみたいです。

弥生犬　でも、テレビは、マイナーな存在を認めませんからね。容姿や学歴、財力、才能といった、誰が見ても価値があるとわかるものを一つでも持った人のことしか、「居てよしッ！」とは言わない。

縄文猫　あとは、同情されるべき者ですね。がんばってる障がい者とか、可愛い年寄りみたいな人は、居てよし。

弥生犬　それ以外の、テレビで称賛されようのない人たちは、どんどん疎外されてゆくしかない。

縄文猫　だから、お金を使ってまで、ネタ収集するんだ。

弥生犬　あと、犯罪まがいのことをして、注目を浴びるとかね。

縄文猫　そんなことまでして、やっと「自分がここに居ていい」と思えるというのは、やっぱりヘンですよ。

弥生犬　ヘンですよねぇ。

縄文猫　自分でやるしかないと思っているから、そんなヘンなことになるんじゃないですか？

弥生犬　自分ではなんともできない、つまり、縦軸のうねりの中にいると思えば、わけのわからない大きなものに身をゆだねるしかないわけで、ゆだねて初めて、この世界に居ていいんだと思えるのかもしれませんね。

生きているという手応え

――「私たちは、まだまだラッキーよ」

『すいか』8話

縄文猫　私たち、まだまだラッキーなんでしょうか？
弥生犬　何とか、雨露をしのいで食べていってるんだから、ラッキーなんでしょう。
縄文猫　我々の話じゃなくて、世の中のことです。
弥生犬　そんなでっかい話だったんですか？　まぁ、放射能汚染とか、震災復興の立ち遅れ、領土問題、年金問題、高齢化、少子化、円高、いじめ、格差問題――。
縄文猫　うわッ、やめてやめて。テレビでちょっとずつ聞いているだけでも憂鬱なのに、そんなにいっぺんに言われると、希望の持ちようがないです。
弥生犬　糖尿病も増えているそうです。甘いものばかり食べてる縄文猫さんも、検査してもらった方がいいですよ。
縄文猫　せっかく見ないふりをしているんだから、そういうのやめて下さい。
弥生犬　いつか、大変なことになるでしょうね。

縄文猫　もう、いいですよ。どうせいつか死ぬんだから。
弥生犬　乱暴な人だなぁ。
縄文猫　年寄りは、絶対そう思ってますよ。だから、政治家は問題を先送りできるんだと思うな。
弥生犬　基本的に、人は明日のことを考えるのはイヤですからね。
縄文猫　明日って、結局、自分の死ぬ日が近づくってことだからね。できればそんなことは考えずに、今ある楽しさが永遠に続いて欲しいんじゃないかなぁ。シワとかも見たくないというか、認めたくない。
弥生犬　人間の心って弱っちいもんなんですよ。
縄文猫　そう。毎朝、テレビの占いを見て、ほっとしたいんですよ。「巨大吉」とか引きたいんですって。
弥生犬　「巨大吉」って？
縄文猫　NHK　Eテレの『0655』って番組に、「たなくじ」っていうコーナーがあるんです。画面が目まぐるしく変わるんだけど、それをケータイのカメラで撮ると、何らかの文字が写っていて、それがその週の運勢というわけです。
弥生犬　で、「巨大吉」を引いたんですか？
縄文猫　いや、シャッターを押した瞬間は確かに「巨大吉」が見えたのに、撮れたのは「顕微《けんび》凶」で、それはもうガックリきました。あと、「大吉」が撮れた！ と思ったら「犬吉」だったとか。

弥生犬 そんな根拠のないことで、一喜一憂するのもどうかと思いますが。

縄文猫 弥生犬さんだって、根拠のないことで喜んでるじゃないですか。

弥生犬 何ですか？

縄文猫 排便占いっていうんですか？

弥生犬 あ、そんなことまで、こんな公の場で言ってしまうんですか？

縄文猫 稼ぐのにタブーはないんです。弥生犬さんの便がたくさん出た日は、仕事がすごくはかどるという、我が家のジンクスがありまして。

弥生犬 あれ、何でそんなことになったんだろうね？

縄文猫 たぶん、私が言いだしたんじゃないかな？ うちの父が亡くなる時、家で看取ったんだけど、最期が近づくと尿とか便が出なくなっちゃうんですよ。生きるって、やっぱり運動なんですね。体の中の動きが止まっちゃうのが死ぬってことなんです。だから、毎度毎度、便がちゃんと出るっていうのは、私にとって、生きていることそのもので、実にめでたいんです。

弥生犬 ボクは体が動かないから、大便の介助をしてもらっていますが、一番イヤな仕事だろうと恐縮してました。

縄文猫　私もあなたも生きているって確認できるんですよ。たぶん、私のうつ病も、そういう作業が毎日あったから救われたんじゃないかな。
弥生犬　今の世の中じゃ、生きているという手応えは、感じにくいからね。
縄文猫　昔の人が、船とか子供に○○丸って名前をつけていたじゃないですか。あの丸って、大便の意味らしいですよ。私の勝手な解釈ですが、船乗りや子供は死に近かったんでしょうね、だから名前に生きる力をこめたんじゃないかって。
弥生犬　江戸時代に、ある日突然、往来に巨大なウンコが出現したという話が残っているそうです。
縄文猫　それは、都市伝説ですか？
弥生犬　どうなんでしょう。時代の変わり目に出現したらしいですよ。
縄文猫　じゃあ、今、出てもおかしくないですよね。
弥生犬　今年（二〇一二年）の一二月二二日に世界が変わるという説もありますからね。
縄文猫　アセンションってやつですか？
弥生犬　縄文猫さんは、そういうの一切、信じてないんでしょ？
縄文猫　そんなに都合よく、何かが劇的に変わってくれたりはしないです。きっと次の日も、チマチマ字を書いてるのに決まってますって。
弥生犬　確かに、9・11の同時多発テロの時も、飛行機がビルに突っ込む映像を見ながら仕事してましたね、我々は。

縄文猫　次の日が締め切りだったからね。これで世界は変わると思ったけど、やっぱり締め切りは延びませんでした。

弥生犬　我々は、何があっても運動し続けるってことですか？

縄文猫　そうそう。たなくじみたいに、目まぐるしく変わる画面の一部を切り取って、ラッキーとか残念とか言ってるだけなんじゃないですかね。

弥生犬　でも、みんなは、幸せっていうと、ずっと続くものだと思ってますよ。

縄文猫　ラッキーっていうと、束の間のイメージなのに、幸せの方は永遠に続いてもらわにゃあ、と思ってる。でないと幸せとは呼べない、みたいな？

弥生犬　ギャンブルも、ずっと勝ち続けないと、幸せを感じられない。

縄文猫　あれは、自分の運とか能力を確認したいんじゃないかな。私はずっとラッキーだって。あるいは、運じゃなくてオレには能力があるって。

弥生犬　『偶然のチカラ』（植島啓司著、集英社新書）という本に、「いいときはつねに未来は決定しているように見える」と書いてあった。今がよければ、未来永劫いいような気がするんでしょうね。

縄文猫　いい時は、見えないんですよ、問題が。世の中が変わっていってることとかも。

弥生犬　楽しいと、時間も家のことも仕事のことも忘れてますからね。

縄文猫　私は、そんな浮かれた時代より、今の時代の方が好きだな。皆で考えようとしてる方が、はるかにいい。

弥生犬　病院の検査と同じですね。悪いところを見つけることができたら、ラッキーみたいな。

縄文猫　とことん悪くなる前にね。

弥生犬　ということは、我々は、まだまだラッキーってことですね。

家族の二重性

――「女の人って、何言われたら嬉しいんだろ。何かないですかね、一発で決まるみたいな」
「お前の家賃はオレが払う」

『Q10』2話

縄文猫　ずいぶん前ですが、私たちNHKのBSプレミアムでドキュメンタリーを撮ってもらったじゃないですか。
弥生犬　ボクの裸体を全国にさらした、あれですね。
縄文猫　あの中で、弥生犬さん、「夫婦は家族じゃない」と言い張ったでしょう？
弥生犬　じゃあ私たちは何なのかって、問い詰められて、思わず、君は奴隷だと口走ってしまいました。
縄文猫　奴隷は笑ったなぁ。
弥生犬　そんなに追い詰められるとは思ってなかったから、ギャグで突破するしかなかったんです。

縄文猫　でも、夫婦は家族でしょう？

弥生犬　あの時、ボクは黒澤明の映画『生きものの記録』を引き合いに出して、家族のエゴイズムについて語ろうとしてたんです。なのに突然、我々も家族だと言いだすから、ちょちょまってしまったんじゃないですか。

縄文猫　何です？　ちょちょまうって。

弥生犬　頭の中で、蝶々が舞うように、てんてこ舞いだったという意味です。

縄文猫　たしかに、家族ってダサいですよね。家族旅行とかをしていると、どんな場所でも、そこはお茶の間みたいになってしまう。

弥生犬　昔は家の中のことは恥だから、絶対に外に出さなかったんですけどね。外に出る時も、よそいきの服を着せられて、親も子供もしゃちほこばっていました。

縄文猫　ニューファミリーという言葉が使われるようになってからですかね、友達みたいな家族像ができて、その仲のよさを表にも出そうってなったのは。

弥生犬　七〇年代でしょう。だから、その頃から、家族の二重性みたいなのがドラマで描かれるようになってくる。

縄文猫　それまでは、『肝っ玉かあさん』みたいな、大家族が泣いたり笑ったりのドラマでした。それが、閉ざされた核家族が、実はそれぞれに秘密を持っている、みたいなドラマに移行してゆくんです。山田太一とか向田邦子とかは、そういう家族の危うさを描いている。

弥生犬　核家族かぁ。昔、そんな言葉が流行りましたね。

縄文猫　戦後のアメリカンスタイルですよ。夫婦に子供が二人、それに家電。当時、どんどんつくられていった団地は、そういう家族を想定してますからね。

弥生犬　それより、もっと前、明治三十年代に、堺利彦という人が家庭についてのハウツー本、『新家庭論』（講談社学術文庫、原題は『家庭の新風味』）というのを書いていますが、これが今読んでも、実にいいんです。

縄文猫　明治ですか。その頃の家庭ってちょっと想像できないなぁ。

弥生犬　当時は革新的な本だったと思います。堺利彦は社会主義者で、幸徳秋水らと「平民新聞」をつくって、反戦運動をやってた人なんですよ。

縄文猫　それって、革命家じゃないですか。

弥生犬　そう。そんな国を変えようという人が、家庭について細々《こまごま》と書いているんです。

縄文猫　へー。本当だ。借金のしかたから、朝昼晩の食事のこと、犬猫の飼い方まで、何でも書いてますね。

弥生犬　そういうところをないがしろにしては、国は変わらないという信念があったんでしょう。

縄文猫　家族は、ひとつのテーブルで同じものを食べるべきだ、とありますね。

弥生犬　それが書かれた頃は、箱膳が普通だったんです。各自が箱の中に、自分の茶碗とか箸とかをしまっていて、ご飯は、その箱の上で食べるという。

縄文猫　昔は、それぞれ別々だったんだ。それがテーブルでみんなで食べるようになって、またバラバラで食べるようになったんですね。

弥生犬　テーブルはあるけど、一緒には食べない。

縄文猫　そういや、うちの母は、父が退職する時に会社から欲しい物がもらえると聞いて、バカでかいテーブルって言ったんだよね。もう子供は成人して、誰もそこでご飯なんか食べないのに。今でも、場違いな、でかいテーブルが狭い台所にどんッと置かれてます。

弥生犬　縄文猫さんのお母さんは、きれい好きで、子供の頃の箱膳は不潔でイヤだったたって言ってましたからね。テーブルは、清潔で公平な家庭の象徴だったんでしょう。

縄文猫　今は、お膳のかわりは、コンビニですかね？　店の前で、会社帰りのお父さんが、肉まんを無心で食べていたりする。ドーナツ屋さんで、ちっちゃな子供と晩ご飯をすましてるお母さんもいるし。

弥生犬　久しくホームドラマがダメだと言われてきましたが、最近、ちょっと復活のきざしがありますね。

縄文猫　あらためて家族をつくってゆこう、みたいな感じですかね。でも、私は「家族の絆」

という言葉が嫌いですね。

弥生犬　家族のエゴを感じるからですか？

縄文猫　帝国主義的なものを感じるからじゃないですか？　家族って国に利用されるためにあるような気がするんですよ。戦争の時は「産めよ殖《ふ》やせよ」で大家族を称賛してきたでしょう？　戦後は企業戦士をつくるための再生産の場としての家族を優遇してきたじゃないですか。専業主婦の年金免除とか、税金の控除とか。結婚しない女は不幸だというレッテルを貼られたんですよね。その後、アメリカに内需拡大しろと言われたら、今度は家族にもっと消費しろと言って、お金を使う独身者を大いに歓迎しはじめた。そのあげくに家族は解体していったわけでしょう？　で、お金が回らなくなったら、また若い人に結婚しろって、何か納得できないなぁ。

弥生犬　堺利彦は、「わが子はわが力をもって作ったのではない、ある不可思議の力をもって作られたのである」と言っています。だから子供は「神に対して言えば『さずかりもの』、社会に対して言えば『あずかりもの』、決して親の私有物ではない。『あずかりもの』であるから大切にせねばならぬ、『さずかりもの』であるから尊敬せねばならぬ、私有物でないから親々の勝手にしてはならぬ。これが子に対する根本の心得である」（『新家庭論』）と言っています。つまり、我々もまた「さずかりもの」で「あずかりもの」のはずなのに、誰かが勝手に利用していると、縄文猫さんは言いたいんですね。

縄文猫　誰かに利用されるぐらいなら、弥生犬さんの奴隷で一生を終える方がはるかにいいです。

弥生犬　客観的に見て、ボクの方が奴隷だと思いますけどね。

人魚姫

――「バンドーがこの世から消えろというのを取り消して下さい。
私は、バンドーがいる世界で生きてゆきます」

『野ブタ。をプロデュース』1話

縄文猫　私たち、最近よくケンカしますね。
弥生犬　そうそう、時間がないって言い合いになる。
縄文猫　時間がなかなかつくれないんです。介護する方もだけど、される方もね。
弥生犬　ベッドの上では仕事にならないんですよ。
縄文猫　だから車イスに移してくれって言うんだけど、車イスに乗っていると体が傾いたりいろいろあるから、私は仕事に集中できない。
弥生犬　で、ボクは無理やりベッドに戻されて、縄文猫さんは外に出て何かおいしいものを食べてはるんです。
縄文猫　不思議なことに、外の方が仕事がはかどるんですよねぇ。
弥生犬　それだと、ボクの方はずっとベッドの上だから仕事ができないじゃないですか。

縄文猫　で、ケンカになるんだよねぇ。『野ブタ。をプロデュース』を書いている時から、ずっとそうなんですが。

弥生犬　いまだ、問題は根本的に解決できていないです。

縄文猫　弥生犬さんが「わかった。オレが施設に入ればそれですむんやろ」という話になってケンカは終わる。そんなに簡単に施設には入れてもらえないのになぁと、私は心の中で思うんですが。

弥生犬　しょうがないじゃないですか。ボクの場合、他に行くところがないですから。家か施設かしか。

縄文猫　人魚姫みたいですね。海か陸か。

弥生犬　人魚姫は、陸、つまり障がいのある生活を選ぶわけです。愛のために。実はボクもそうなんですよ。縄文猫さんへの愛を選んで車イス生活をしているわけです。

縄文猫　いや違うでしょう。たまたま脳内出血した後遺症でしょ。

弥生犬　いいじゃないですか、気持ちはそうありたいということで。

縄文猫　弥生犬さんは、自分には行くところがないとぼやくけど、他の人も同じだと思いますよ。イヤなことがあってもふつう逃げ場所なんてないですから。

弥生犬　たしかに。寝室のエアコンの温度をめぐって不満が爆発寸前の夫婦だっているでしょうからねぇ。

縄文猫　でもローンもあるし、子供の学校もあるから、そうそう自由に動けませんからねぇ。

弥生犬　狭い家なのに何で掃除しないのかとか、狭いのはそっちの稼ぎが悪いからじゃないか、とか。一旦言い出したら、それはそれは様々な不満が噴き出したりして。

縄文猫　で、最後はエアコンなんかなかったらよかったのに、とか言うんですよ、きっと。

弥生犬　そう、なかった方がよかった、というのはあるでしょうねぇ。

縄文猫　でもテレビがあるからなぁ。ＣＭとかで家族の幸せみたいなのを、繰り返し映像で見せられるんですよ。あそこにあるのに、うちはなぜないんだと不満ばかりがつのってゆく。

弥生犬　それが積もり積もって、一緒に暮らせないってことになるのかな。

縄文猫　「同じ空気を吸うのもイヤだ」と同僚に言い捨てて、会社を辞めた人がいましたが。

弥生犬　同じ空気を吸うのもイヤなら、会社を辞めたぐらいではダメでしょう。

縄文猫　地球の外に出ないとダメですよ。

弥生犬　昔は我慢は美徳でしたが、今はバカバカしいというか、損ですから。

縄文猫　表向きは、我慢しなくても何だって選べる世の中ってことになってますからね。

弥生犬　でもね、選ぶってことは、一方で何かを背負《しょ》い込むってことでもあるんですよ。

縄文猫　まぁ、そうですね。

弥生犬　池田清彦さんの『やがて消えゆく我が身なら』（角川書店）によると、結核は五千年から一万年前に出現したものらしいですよ。元々は牛の病気で、人間が牛を家畜化して牛乳を飲むようになってから人間に牛の菌が入って、それがヒトの菌に進化していったそうです。

縄文猫　新型インフルエンザと同じじゃないですか。鳥からうつったウイルスが今度はヒトからヒトへとうつる菌に進化しようとしてるわけでしょう。

弥生犬　進化だから、誰もそれを止めることはできない。

縄文猫　私たちの知らないところで、今も、いろいろなウイルスが生き残りをかけて戦っているなんて。めまいがしそうです。

弥生犬　ウイルスの方は共存のつもりなんじゃないですか。なのに人間が全滅させようと次々と新薬を発明して、共存をこばむから、ますます手に負えない状態になってゆくんじゃないかなぁ。

縄文猫　わかります。私も絶対に許せない人がいるんですよ。この人のせいで私のうつ病がひどくなったんじゃないかってぐらい。で、弥生犬さんの主治医に相談したんですよね。

弥生犬　そしたら、その許せない人はまだ生きてますか、と聞かれたんでしょ？

縄文猫　そう。生きてますって言ったら、それはよかった、じゃあ大丈夫って言われたんですよ。

弥生犬　死んでしまってたら、縄文猫さんは救われなかったわけですね。

縄文猫　理由はわからないけれど、生きていると、実際の和解はなくても、そのうち自分の中で何らかの落とし所が見つかるってことですかね。

弥生犬　納得できるんじゃないですか。

縄文猫　でね、夢を見たんです。その許せない人の車が見えたので、その人に「私はあなたと今後一切仕事をしません」って言って、自分は別の人とタクシーに乗って帰ったんです。それからかな、その人のことにあんまり腹が立たなくなった。

弥生犬　「居てよしッ！」ですか？

縄文猫　たぶん、その人の問題じゃなくて自分の中の問題だったのかな。「ともだちは実はひとりだけなんです認めるまでに勇気が必要」（平岡あみ『ともだちは実はひとりだけなんです』ビリケン出版）という短歌があるじゃないですか。

弥生犬　ああ、十代の女の子の短歌集ね。

縄文猫　私の場合は、「この人はともだちではありません認めるまでに勇気が必要」って感じでした。

弥生犬　人は長く付き合うと、見栄とか損得とか、余分なものがひっついてきますからね。なかなか気持ち通りにはゆかないですよ。

縄文猫　憎み続けるより、この人はもう関係ない、と思うことの方が大変だと思います。

弥生犬　平岡あみという人は、こんな短歌もつくってますよ。「さみしさをがまんしなければと思う冷たい肉まん食べるように」

縄文猫　そっかぁ。私、その人と同じ地球上にいるために、冷たい肉まんを飲み込んだんですね。

男の美意識

――「面白いよね。冷たそうに見えるのに、本当は人が好きだなんて。
きっと、こんなこと他の誰も知らないよね」

『野ブタ。をプロデュース』7話

縄文猫　私、食べ方が汚いんです。

弥生犬　うどんの汁を飛ばす人ですからね。

縄文猫　先日も寿司屋でお醤油のお皿にスシを落っことしてしまいまして。醤油が飛び散って、昼時でぎゅうぎゅうのカウンター席で、隣のオジサンの服にもついちゃいました。

弥生犬　粗忽者《そこつ》なんですよ、縄文猫さんは。

縄文猫　オジサン、白いシャツを着てたんですよ。私、焦りましてね。反射的におてふきでそのオジサンの袖《そで》を拭いたわけです。幸い、目の粗い繊維だったので、これは取れるなと熱中してたんです。そしたらオジサンが急に怒り出しましてね。「もうやめろッ！」って。それが私には何か納得がいかなくて。だって、醤油がかかった時は怒らなかったくせに、シミを取るのは不愉快って……。できるだけ早く取った方が残ら

弥生犬　なくていいのにさ。怒る意味がわからない。
縄文猫　かっこ悪かったんでしょう。食べ汚しを拭かれている子供みたいで。
弥生犬　なぜか急に、私の方も腹が立ってきて。
縄文猫　自分が醤油をかけておきながら？
弥生犬　だって、こっちはよかれと思ってやってるのに、ものすごく邪険にされたから。
縄文猫　オレは醤油ぐらいでジタバタする男じゃないと見せたかったんですよ。
弥生犬　シミを取らなければ取り返しのつかないことになるのに。
縄文猫　取り返しがつかなくなるとしても、男にはやらねばならぬことがあるんです。
弥生犬　大げさな。何ですかそれは。
縄文猫　男の美意識。ダンディズム。縄文猫さんも書いていたじゃないですか。テレビドラマ『野ブタ。をプロデュース』の修二なんてその典型です。
弥生犬　え？　あれってダンディズムの話だったんですか。
縄文猫　主人公の修二は、この世は全てゲームだと思っているような高校生ですからね。
弥生犬　たしかに、うっかり本音が出そうになると悪ぶったりしていました。
縄文猫　あたかもロックンロールを聴くことが救いであるかのような、はみ出し者のハイティーンを描いた深沢七郎の名作『東京のプリンスたち』（『深沢七郎集　第二巻』筑摩書房）にテイストが似てるなぁと思いました。

縄文猫　木皿版『東京のプリンスたち』ですか？　そりゃ光栄だなぁ。

弥生犬　『東京のプリンスたち』では、主人公の一人の正夫が、仲間の女の子にこんなことを言うんです。「『どんなにいじくりまわしても絶対に毀《こわ》れない人形だナ』と正夫はバカにするように言って、『あっはっは』と笑った。映画女優のブリジット・バルドオが言われる悪口の様な讃辞を言ってテンコの身体をバカにしたのだった」

縄文猫　自分が傷つけられる前に、ちょっと背伸びしたようなことを言うんですね。『東京のプリンスたち』『野ブタ。』と時代こそ違え、似ているところがありますよ。『東京のプリンスたち』はベタついた人間関係やがんじがらめの世の中のシステムからはみ出そうとするティーンエージャーの話で、『野ブタ。』もそうなんだけど、主人公はさらに覚めた目を持っていて、わずらわしい人間関係や傷つくことを避け、本音を隠して要領よく生きようとしている。

弥生犬　弥生犬さんも、悪ぶっていたんじゃないですか。

縄文猫　いや、昔を思い出すと、むしろ手持ちのカードを見せすぎた。人を信用して本音をしゃべりすぎたようです。

弥生犬　後悔しているんですか。

縄文猫　大人になって振り返ってみると、誰もがいい人とは限らないでしょ。無口なまま、あるいは常識的で穏当な意見を野暮ったく表明しておくべきだったと、今なら考えますね。

縄文猫　噂では、昔の弥生犬さんは相当とんがった人だったと聞いてます。

弥生犬　青春期の男の子の自我は全世界を相手に勝負しなければならないんですよ。隙を見せられないし、女の子に笑われたくないし、仲間を牽制するために必然的にハッタリをかましたり悪ぶったりする必要があるんです。

縄文猫　男の子たちは、そんなことに心を砕いているんですか？

弥生犬　どうかな。人によっても違うでしょうけど、基本、ニヒリズムとかダンディズムとか、虚無とか悪とか。

縄文猫　それが青春前期男子の主なアイテムですか。

弥生犬　ボードレールは「ダンディズムというのは人にいやがられるという貴族的快楽である」と言ってます。まあ、キザとか意地悪なことを女の子に言ったりするのは、そういうことでしょう。

縄文猫　そういや、昔、「ボクは変わってるから」が口癖の人とお見合いしました。私が自分が「変わってる」と言うこと自体、とてもフツーなんじゃないかと言うと、相手は「あッ」と絶句して、「本当にそうだ」って感心してるんです。

弥生犬　本当の変人は自分を変人だとは思っていませんからね。

縄文猫　私、無防備に呆然としていたその人に、ちょっと好感をもちました。それまで構えていたものが全部なくなって、初めてその人の本当の言葉が聞けたというか。

弥生犬　せっかく悪ぶっていたのに。
縄文猫　弥生犬さんもそうですよ。会った当初はいろいろかっこつけていたけど、私がキュンときたのは、スチール製のコルセットをつけてすっくと立っているのを見た時です。
弥生犬　四才の時からポリオで左足にコルセットをつけていましたからね。
縄文猫　何かヒーローものの主人公みたいでかっこいいじゃんって思った。
弥生犬　子供の頃から、コルセットを他人に見せるのはイヤでしたね。
縄文猫　不思議ですね。男の人が隠そうとしているところが、実は女の人がキュンとくるところだったりするんですから。ダンディズムもいいけど、時々弱いところをのぞかせてもいいんじゃないですか。
弥生犬　たしかに、ニヒリズムは生活に根ざしていない分、いきすぎるとろくなことはないですからね。
縄文猫　思春期の男の子が猟奇的な犯罪に走ってしまうこともある。
弥生犬　「怪物と戦う者は自らも怪物になる事に気をつけよ」とニーチェも言ってますからね。えっと、本当にニーチェだったかな。ちょっと待って下さい。なにしろ覚えたのが中学生の時なので、どうだったかなぁ。調べてみてもいいですか。
縄文猫　だから、そんなコトバをひっぱり出してきて自分を上げ底するのはやめて、きつねうどんでも食べましょうよ。

競争をやめてみる

――「持っているもの全部捨てたら、新しい自分になれるのかな?」

『セクシーボイスアンドロボ』8話

縄文猫 先日、あやうくキレそうになりましたよ。講演会で質問はありませんかと聞くと、ずっと眠っていた一番前のおじいさんがハイって手を上げて言うわけです。先生の書かれるエッセイは面白いのに、話は全然面白くない。だから、今後は書くだけにしろと、そんなことを言われまして。その瞬間、この人、ケンカ売ってるのかと、私の方は戦闘態勢になりました。前のめりになって、声が大きくなるのが自分でもわかりましたから。

弥生犬 うわちゃあ~、その場にいなくてよかったぁ。

縄文猫 でね、その人に言ったんです。「一人の人間にそこまで求めるな!」って。たぶんその人の持っているイメージと違っていたんでしょうね、だからクレームをつけたんだと思う。せっかく来たのに眠ってしまった。これって損したってことじゃないかって。

弥生犬 万能ナイフだと思っていたのに、なんや切れるのは紙だけか、みたいな?

縄文猫　偽装食品みたいに思ったんじゃないですか。なんや、芝エビかと思ったら、バナメイエビか、みたいな。みんな、最初にイメージがあるんですね。食べる前から山ほど情報があって、だから体が味わう前に、これ違うって最初から拒否してしまうんじゃないかなぁ。

弥生犬　つまり、芝エビという、その記号だけで脳がおいしいと判断するってことですか？

縄文猫　スーパーでイカのパックに間違えてカツオってシールが貼られていて、そしたらその前で女の人が、すごく悩んでるんです。どっちだろうって。いやいやイカやろそれはと、私は思うんですが、その女の人は自分の目より書いてあることの方を信じてるみたいなんですよ。

弥生犬　今は実感より脳にうったえる方が商売になりますからね。知ってます？　家電業界で流行りのキーワード。「時短」ですよ。ドライヤーなんかも短い時間で乾くことが売りになるとか。

縄文猫　そういえば、洗濯洗剤もすすぎ一回ですむっていうのがあります。十分ほど洗濯時間が短くなるのかな。

弥生犬　でも、ひたすら便利って、本当はどうなんですかね。例えばケータイの普及で電話番号が覚えられなくなってしまった。これってはたして人間にとっていいことなのか。

縄文猫　テレビのチャンネル争いがなくなったことで、家族のコミュニケーションもなくなったかも。

弥生犬　不便がプラスにカウントされることもあるんじゃないでしょうか。京大の先生が代表を務めている不便益システム研究所というのがあって、人間にとってほどよい不便を研究しているんですが、前にそこで素数のモノサシを売っていましたね。

縄文猫　素数しか書いてないから、測る時はいちいち引き算とか足し算とかしないといけないやつね。

弥生犬　そう、頭を使うモノサシ。いつから最短距離で行くことだけがいいことだと思うようになってしまったんでしょうね。今、「陰翳礼讃《いんえいらいさん》」を読み返しているんですが、これが書かれた昭和八年、すでに谷崎潤一郎はこんなことを言ってます。
「もし、われわれがわれわれ独自の物理学を有し、化学を有していたならば、それに基づく技術や工業もまた自《おのず》ら別様の発展を遂げ、日用百般の機械でも、薬品でも、工藝品でも、もっとわれわれの国民性に合致するような物が生れてはいなかったであろうか。いや、恐らくは、物理学そのもの、化学そのものの原理さえも、西洋人の見方とは違った見方をし、光線とか、電気とか、原子とかの本質や性能についても、今われわれが教えられているようなものとは、異《マ》った姿《マ》を露呈していたかも知れないと思われる」と展開しながらも、堂々と「私にはそう云う学理的のことは分らないから、ただぼんやりとそんな想像を逞《たくま》しゅうするだけであるが」（『陰翳礼讃』中公文庫）と結んでおられます。

縄文猫　大谷崎がそんなことを。日本人が失ってしまった感覚とか、ものの考え方とかがあるんでしょうね。もう取り戻すのは無理だけど。

弥生犬　世界の中での競争に勝つ、という方を選んだんでしょうね。

縄文猫　人口が多い方がいいという、その一点ですよね。

弥生犬　人口減少って悪いことのように言われてきましたから。明治維新からこっち、ずっとそうですからね。右肩上がりがいいって。

縄文猫　人口が増えて、生産も増えて、消費も増えるということが、有利ってことですね。ってことは、右肩上がりがいいっていう考え方は、案外、新しいんですね。

弥生犬　人が減った方が、空間的にも時間的にも、いろいろ楽しめることが増えるんじゃないかなぁ。

縄文猫　二時間待ちで見た伊藤若冲《じゃくちゅう》の展覧会は、何だか落ち着かなかったです。何であんなに人が集中するんでしょうね。私なんか、人のいない場所の方が好きだけど、うちの親なんかは人がいっぱいいるところに行きたがるんですよね。人がいっぱいいないと遊んだ気がしないらしい。

弥生犬　高度成長期のなごりですかね。遊びもお仕着せというか、みんな一緒じゃないと安心できないというか。並ぶのは戦時中の配給を思い出させるイヤなものだったけど、一九七〇年の大阪万博からは違ってきたんじゃないですか。行列の先にまだ見たことのないものがあるという。

縄文猫　並んで買ったものの方が価値があるって思えるんでしょうね。それに、みんなが欲しがるものを自分が先に手に入れるというのは気持ちがいいんでしょう。でも、やっぱりそれも、競争に勝つってことですよね。

弥生犬　後でネットで高く売れそうなものだと、さらに並ぶんですよ。

縄文猫　一度、競争するのをやめてみたら、けっこう快適な生活がおくれるんじゃないかと思うんですが。

弥生犬　他の生物は生き残りをかけた壮絶な争いをしているように思われているけれど、「棲《す》み分け」があったりしますからね。

縄文猫　猫同士も出会ったら、目を合わせないそうですよ。そうやって争いを回避しているみたいです。競争はつねに緊張を強いるから、体に悪いです。

弥生犬　我々は無理してますなぁ。

縄文猫　もうそろそろ、そんな無理はやめて競争するのを諦めるということでどうでしょうか。

弥生犬　そうなると、一番最後まで諦めないのは誰かっていう競争になったりして。

縄文猫　いやぁ、人間ってキリがないことを見つける天才ですね。

つくるということ

――「私さ、エロ漫画家なんだよね。
クリエイティブなお仕事とか言われるようなシロモノじゃないわけ」
『すいか』5話

縄文猫 みなさん、もうお忘れでしょうが、今、私たちの間で盛り上がっているのが、佐村河《さむらご》内《うち》氏。全聾《ぜんろう》の作曲家として脚光を浴びていたが、実はゴーストライターがいたという。

弥生犬 フィクションは、現実に負けますよね。現実の方が非常識というか。

縄文猫 私はこの人のドキュメンタリーを見てないんですが、作曲の様子が何回もテレビで流れてるじゃないですか。

弥生犬 壁に頭をドンドンって打ちつけるシーンね。

縄文猫 みんなの持ってる創作のイメージって、あんな感じなんですね。

弥生犬 生みの苦しみを映像で表現すると、ああなるんでしょう。

縄文猫 でも、あれはしないですよ。作家の人だって、誰もやってないと思うなぁ。

弥生犬　頭を打ちつけるの？　それはない。でも、縄文猫さんは厭味とか言うよね。

縄文猫　私？　あー、締め切りが近づくとね、わりかしトゲトゲしますね。でも、とある有名な小説家は、奥さんを殴るんだそうですよ。書けないから、ちょっと殴らせろって。

弥生犬　そんなことしても、書けないと思うんですが。

縄文猫　だけど、気持ちは少しわかる。自分がこんなに苦しんでるんだから、他の人にも、ちょっとはその苦しみをわからせたいっていうのは、あるかもね。

弥生犬　創作の孤独に耐えられないってことですか。ボクには、書けないっていうのは、よくわからないなぁ。

縄文猫　弥生犬さんは、どんな時でも書ける人だからね。

弥生犬　昔は、ピンチヒッターの仕事をよく頼まれました。

縄文猫　えんえんと書きますもんね。意味のないことでも、手をかえ品をかえ、とにかく、どんどん草むらを分け入るように原稿用紙をうめてゆくでしょう？　すごいです。

弥生犬　構成作家をけっこう長くしてましたからね。縄文猫さんは、書けない、というより書かないですよね。

縄文猫　見栄っ張りなんじゃないですか？　あんまりみっともないものは書きたくないというか。自分の無能さを認めたくないんですよ。でも、締め切りが過ぎて、結局、無能なまま書くしかないんですが。弥生犬さんは、平気ですか？

弥生犬　ボクはね、そのへんうまいんですよ。人に、へぇって感心させるのがね。だから、どんどん書けるんじゃないですか。

縄文猫　たしかにインチキ臭いです。だけど、勘どころをはずさないから、みんなそのインチキに引っ掛かるんですよね。

弥生犬　その点、縄文猫さんは、何も考えず、ぶちまけるように書きますね。

縄文猫　今あるものだけを使って、あわただしく書いてる感じです。弥生犬さんがそろえてくれた材料を、そのまま使って、ダァーッて書いてるでしょ？

弥生犬　たしかに、書き始めたら壁に頭を打ちつけることもなく、ひたすら書いてますね。

縄文猫　創作の神様が降りてくるって、みんなよく言いますよね。あれって、あんなふうに机の前で、うんうん唸ってて落ちてくるもんじゃないような気がするなぁ。

弥生犬　いつ、降りてくるんです？

縄文猫　だから、服を脱いでる時とか、台所でエビの殻《から》をむいてる時に、「あ」っていうのはありますよね。本当に口で「あ」って言いますよ、そういう時は。でもそれだけ。そのまま、エビをむき続けます。

弥生犬　絶対、紙に書きとめたりしないですよねぇ。

縄文猫　私はメモらないですね。

弥生犬　忘れたら損じゃないですか。

縄文猫　今まで断片でしかなかったものが、「あっ、そうか、これで全てがつながるのか」という発見だから、うっかり忘れることはないです。

弥生犬　全部がいきなり降りてくるわけじゃないんだ。

縄文猫　たまにありますよ。お話が何秒かで全部きれいにできあがることが。でも、それだって、意識してなかっただけで、断片がどこかにストックされていたんだと思いますよ。

弥生犬　神様が降りてくるというのは、脳がつじつまを合わせてくれることだと思うな。たしかに、そのことばっかり考えている時って、全然答えが見えないけれど、諦めて別のことを考え始めた途端に判ることってありますね。

縄文猫　それって何なんでしょうね。夢が解答を出してくれる時もあるでしょ？

弥生犬　でも、みんな、苦悩の末に何かを生み出すというのが好きなんですよ。創作は崇高なものだから、簡単につくられると困ると思ってるんでしょう。

縄文猫　それですよ。みんな、つくるという行為を過大評価しすぎです。ものをつくるなんて、はっきり言って、ダサいです。何かを残そうなんて、ダサさの極致。諦めが悪いというか、美しくないと私は思うわけです。それでも、やらずにはいられない。それが創作だと思います。

弥生犬　詩人の小池昌代さんが散文集で書いてますね。会社に勤めている時、詩をつくって、それを自分で小冊子にする行為が面白くて、これ以上の遊びはなかったと。ダイアモンドゲームで、ぐんぐん進んでゆく感じだったそうです。「その雑誌ができあがると、毎回、興奮しました。モノが、『できあがる』ってことが、自分でやってて、信じられないんです。なんで、できたんだろう。その不思議さを体験したくてまた、作る」

（『産屋──小池昌代散文集』清流出版）

縄文猫 たしかに、私もなんで毎回できあがるのか不思議ですよ。そうか、不思議だから、またつくりたくなるのか。

弥生犬 世の中は、ただひたすら売ろうとしているものばかりかと思っていると、小池さんの作品みたいなのもまじって売ってたりするから、気が抜けないです。

縄文猫 全聾の作曲家の渾身《こんしん》の作品、とか書かれた派手なパッケージに、我々は飛びつきがちですからね。でも、それって、自分で感じたり考えたりするのを放棄してるんでしょうね。

弥生犬 というか、自分の感じ方に自信がないのかもしれない。みんながいいと言ってくれないと安心できないというか。

縄文猫 創作は作り手だけでは完結しませんからね。受け手があって、初めて成り立つんだと思う。ヘンだと思うものも、自分を信じて選んで欲しいなぁ。

弥生犬 つくるということの根本は、自分を信じることですからね。

縄文猫 面白いと思うことぐらい、自分で決めないと、もったいないです。

科学信仰と捏造

――「あのさ、恋は革命ですよ。自分の中の常識が全部ひっくり返ってしまうようなものなの。よさそうな人とか、お似合いの人とかじゃ、永遠にひっくり返らんでしょーが」

『Q10』2話

弥生犬　前回は佐村河内氏だったので、今回は、一時はノーベル賞級の発見と報道されたSTAP細胞騒動の小保方《おぼかた》晴子さんです。

縄文猫　今頃と言われそうですが。なぜかみんな好きですよね、小保方さん。

弥生犬　国論を二分するというのか、昔、傾城《けいせい》の美女というのがいて、国を傾けると言いましたが、まさに、そのタイプですよ。

縄文猫　弥生犬さんも小保方さん支持者ですか？

弥生犬　ボクの周辺はそうですよ。「せっかくのリケジョの夢が壊れた」とか、「組織の犠牲だ」とか。

縄文猫　同情論ね。

弥生犬　「ボクなら、あの目でじっと見られたらすぐ信用します」と言う男もいました。反対派は、「理系は女性慣れしていないから、いいように転がされている。そこを利用しているだけ。自分の会社にいたら呼び出して『この女狐《めぎつね》め』と説教してやる」と言ってる男もいます。

縄文猫　女狐なんて、今どき言いますか？

弥生犬　言ったのは若いチャラ男です。女子力を武器に、男を自分の夢や出世の踏み台にする女が許せないようです。

縄文猫　「あなたは小保方さんを信じますか？」という問いは、実は「あなたは科学を信じてますか？」というふうに聞こえるんですよね。

弥生犬　小保方さんを非難する人は、科学を信じてる人ってことですか？

縄文猫　自然科学という「聖」なるものが、あたかも存在するという、そういう大前提があって、そこにとんでもない非常識な女が入ってきたぞという。

弥生犬　たしかに。科学をお神輿《みこし》のようにかつぐ連中が、金科玉条《きんかぎょくじょう》のようにありがたがって切り出すカード、普遍性、合理性、整合性、平準化、便利こそが全てという考えは、ボクも大嫌いです。

縄文猫　私、理系の人とかにも聞いてみたりしたんですが、あの実験ノートというのは、本当に必要なんですかね？　あれだけが真実を語るっていうのが、なんか納得できないんですよ。私、中一の時に国語のノートを、一年間、全く何もつけてなかったんですね。ノートのつけ方の説明が最初の授業にあったんだけど、まず本文を全部書き写さなきゃなんないとか、とにかく面倒なことを言うわけです。で、やらなかった。そしたら、突然、明日ノートを集めますと言われまして、私はその夜、授業を思い出しつつ一年分のノートをつくり上げました。鉛筆の濃淡とか変えたりして。それを出したら、なぜか九十八点取って、みんなの前でものすごく褒めてもらったんです。

弥生犬　一晩でやったとは思ってないんだ。

縄文猫　やれないと思い込んでるんですよ。そんなことはしないという大前提があるんでしょう。やろうと思えばやれるんですよ。

弥生犬　そういえば、佐村河内氏もテレビのドキュメンタリーで、創作ノートを見せてましたが、あれ、実は捏造したものだと記者会見で告白してましたね。

縄文猫　創作ノート、見たがりますよね。取材の人とか。でも、うちはないですからね。弥生犬さんの意味不明のメモとかしか。

弥生犬　「十五夜警察」とか「南無ポテトX《エックス》」とかね。

縄文猫　何に使うねんというような、わけのわからん単語の羅列と、私がノートに、いきなり書いた下書きだけ。構成とかプロットとかが一切ない。どうしてこんな作品になったかなんて、絶対にたどれないです。我々は二人でやってるから、特にわからない。自

弥生犬　分自身ですら把握できていない。

縄文猫　我々は、科学者じゃなくて職人なんでしょう。

もちろん、誰にでもわかるようにするのが科学なので、ノートをつけるという作業が大事なのはわかるんだけど、でもそれは、地球上の科学者全員が真実を書いていると いう前提で成り立っている世界ですよね。昔は、それを簡単に信じることができたけど、今は一人残らず真実を書いてるなんて、とても信じられないわけです。っていうか、もしそうなら、なんか気持ち悪いですよね。

弥生犬　会社の経理事務もそうでしょう。嘘を書かないという前提で成り立っている。でも、現実には二重帳簿とか可能ですからね。出勤簿とか、出張記録とか、改ざんしようと思えば、いくらでもできるだろうし。

縄文猫　昔、著作権関係の裁判資料を見てたら、あきらかにこれ偽造だよね、という企画書がありました。放送局の人に言われて、新人の作家が書かされたんだろうなぁという。同業者が見たら、裁判所に提出するために書かれているものだとすぐにわかるんです。でも、そんな文章の細かいニュアンスは裁判長にはわからないですよ。とにかく、書いたものがあるか、ないか。そこではそれだけが重要なわけです。

弥生犬　時代劇に、よくありますね。偽の証文を盾にとって、悪いヤツが居直るシーン。

縄文猫　小保方さんが本当に女狐なら、実験ノートも完璧に偽造して文句を言わせなかったと

弥生犬　思うな。

縄文猫　彼女は知らなかったんでしょ。世の中で、いまだに手書きのものが、そんなにものを言うなんて。

弥生犬　でしょうね。でも、みんなが思っている以上に、書いたものって、はばをきかせていますよ。

縄文猫　条約の締結とかで、「同意する」のアイコンをクリックするだけというわけにはいきませんからね。やっぱり署名でしょ。

弥生犬　だから理研（理化学研究所）が実験ノートがないとか、再現実験が失敗したとかいうのを証拠に、小保方さんが嘘をついていると決めつける気持ちは、わかります。そうでないと、理研が、あるいは科学そのものが、信頼性のないものになってしまいますからね。でも、STAP細胞は手放したくないんですよね。小保方さんだけをうまく切り離して、という考え方自体が、コピペのやり方ですよね。

縄文猫　高橋和巳という人が言っています。「すべての思想は極限にまでおしすすめれば必ず、その思想を実践する人間に破滅をもたらす。革命を説きながら破滅しないですんでいる、すべての人間はハッタリだ」（「我が心は石にあらず」『高橋和巳作品集5』河出書房新社）

弥生犬　小保方さんだけがハッタリだった、ですませてしまうんでしょうかね。

縄文猫　いや、始まりでしょ。小保方さんみたいな、ある種非常識な人が、これからも出てきて、従来からある、みんなが当然と思っているやり方をひっくり返してゆくような気がするなぁ。

マイジャー

――「言った通りでしょう？　何が起こるか判らないって。
これさえあれば、大丈夫なんて、そんなもの、この世にはないの」

『すいか』９話

弥生犬　ボクは自分の立場を常々、マイナーなふりをしたメジャーだと思っているのですが。

縄文猫　マイナーなふりをしたメジャー？

弥生犬　ボクらは「マイジャー」と呼んでいます――なんて余裕かましている場合じゃないぐらい、メジャーの進撃は目にあまるものがありますが。

縄文猫　ブルドーザーみたいなもんですからね。マイナーは肩身が、狭いです。やっぱりメジャーじゃないと生きにくいですよ。

弥生犬　ニーチェも、マジョリティと行動を共にする方が、単独行動よりも生存戦略上つねに有効であると言ってますからね。

縄文猫　ドラマのキャスティングの話になった時、私たちがいいなと思う役者さんをあげると、プロデューサーが主役にするには弱いですねぇ、とか言うじゃないですか。つまりメジャー感がないと言いたいわけです。じゃあ誰がメジャーなのかと問うと、これが局によって違うんですよね。

弥生犬　その放送局への貢献度みたいなのがあるんでしょう。

縄文猫　他の局なら相手にしないようなタレントさんを、いつまでも使っていたりするでしょう？　あれ、ヘンですよね。局内だけで、この人はメジャーだと思っているの。そんな狭いところで決められたものを、メジャーだなんて、中の人はヘンだと思わないのかな。

弥生犬　そのことについては、村上龍が言ってますよ。「私がマジョリティを嫌悪するのは、真の多数派など存在しないのに、ある限定された地域での、あるいは限定された価値観の中でのマジョリティというだけで、危機に陥った多数派は少数派を攻撃することがあるからだ。そしてマイノリティといわれる人々も、その少数派の枠内で、細かなランク付けをして、少数派同士で内部の少数派を攻撃することもある」（『恋愛の格差』青春出版社）

縄文猫　前にあったセクハラ都議の問題も、それですね。女性都議に「早く結婚しろ」とか「（子供を）産めないのか」みたいなヤジを飛ばしたという。

弥生犬　ヤジを言った人は、自分たちの方がマジョリティだと思ってたんでしょう。で、女性都議はマイノリティだという図式ですね。

縄文猫　女性の都議は少ないでしょうからね。

弥生犬　でも、世の中は、男女半々なんですけどね。

縄文猫　問題になって初めて、アレ？　オレらの考え方ってマジョリティじゃなかったの？って、ようやく気がついたんでしょうね。ヤジった人たちにしてみれば、いつの間に世論は変わったの？って感じなんだろうなぁ。

弥生犬　今日から、そういう世の中に変わりましたから、なんて誰も教えてくれないですからね。つねに世間の空気を感じてゆくしかない。

縄文猫　本人たちは、言った言わないの問題だと、まだ思ってるんじゃないですか？　そこじゃなくて、自分たちの考え方がマジョリティだと思い込んでいることこそが、政治家にふさわしくないと非難が集中したわけなんですけど。

弥生犬　だから、自分の立場がマジョリティであることは保証されていると思い込んでいたんですよ。どういう根拠でそう思っていたのかは、わかりませんが。

縄文猫　都議になった瞬間、オレはこれで保証されたって思ったんじゃないですか。ほら、昔、盗難自転車じゃないかと警官に呼び止められた人が「オレは、NHKの演芸台本研究会の人間だぞ」って偉そうに言ったっていう話があったじゃないですか。

弥生犬　ボクの知ってる人の話ね。NHKの職員でもなくて、ただ漫才の台本を書いている、まだプロとも言えないようなヤツでしたが。

縄文猫　警官が、そんなマイナーな会のことを知ってるわけないのに、NHKと名前のついた会に属しているというだけで「オレ、メジャーなんですけど」という態度が思わず出てしまうって、おかしいですよね。

弥生犬　号泣会見で有名になった兵庫の県議も、同じなんでしょう。なった瞬間に、これでオレは何をしてもいいと思ったんじゃないですか。

縄文猫　数を手に入れたら勝ちだって、マジで思い込んでるんだ。タイで代理出産させていた、二十四歳の資産家の御曹司が何百人も子供をつくろうとしていたというのも、そうなんですかね？　数さえ押さえておけば、大丈夫だろうという。

弥生犬　それだけ不安なのかもしれない。お金は腐るほどあるけど、信頼できる人はいないという。

縄文猫　そうか、数が欲しいというのは、不安を解消したいということですか。

弥生犬　今、小説って全然売れないのに、小説家になりたいっていう人がものすごく増えてるらしいですよ。もしかしたら、不安な自分を、メジャーと名乗れる場所に置いて安心したいのかもしれません。

縄文猫　でもね、私たちも脚本家と呼ばれるメジャーな職業なんだけど、その脚本家の中ではマイナーな存在だから、ずっと不安ですよ。

弥生犬　視聴率が取れないから、仕事の量が圧倒的に少ないです。

縄文猫　メジャーの中のメジャーって、ほんのひと握りの人ですからね。イチローみたいな。でも、それだって、実績を残せなかったら、もう終わった、とか言われるわけですから。でも、イチローってメジャーだけど、マジョリティじゃないですよね。考え方とか、やってることはものすごく特殊だと思う。

弥生犬　マジョリティの中で生きている人は、たぶんメジャーになれない。

縄文猫　ハングリー精神がないヤツはダメなんだ。つまり皆と一緒じゃダメってことですか。

弥生犬　昔は、芸能にたずさわるのは、差別される人でした。

縄文猫　河原乞食って言われたりしてね。

弥生犬　でも、人の気をひけるというのは最大の武器で、立場を逆転させることもできる。

縄文猫　今は、あるかどうか不明になってしまったＳＴＡＰ細胞ですが、発表当時、わっと人がむらがったのも、非常識なことが常識に変わり得るということに興奮したのかもしれませんね。

弥生犬　強固にある世界をひっくり返すのは、並大抵のことではないと思う。

縄文猫　でも、どんなことも今のままなんてあり得ないんじゃないかな。

弥生犬　そう思えることを、我々は希望と呼ぶんじゃないですか。

お墓に入ったつもりで書く

――「手放すっていうのはさ、裏切るんじゃないよ。生きる方を選ぶってことだよ」
『昨夜のカレー、明日のパン』4話

弥生犬　『素敵な選TAXI《センタクシー》』という番組、知ってますか？

縄文猫　バカリズムが脚本を書いているドラマですね。

弥生犬　人生は選択肢である、というコンセプトで、人生の分かれ道となった過去の時点に戻ることができるという。タクシードライバーが望みをかなえてくれるんです。

縄文猫　人生をやり直すというアレですね。でも、戻れるって言われても、どこまで戻ればいいのか、よくわからないなぁ。この人と出会わなければよかった、ということになると、これをしなければよかったってことになって、それを延々と考えてゆくと、結局、生まれてこなければよかったってことになりませんか？

弥生犬　縄文猫さんは、一発勝負みたいな人だから、生まれ落ちたからにゃあ、起こったこと全部丸ごと自分が引き受けるってことなんでしょうけど、フツーの人は、やり直しがきくなら、今度こそうまく立ち回ってやる、と思っているんじゃないかなぁ。

縄文猫　でも、人生ってぶち切ることなんかできないでしょう？　連綿とつながっているものなんだから。
弥生犬　だから、お話ですよ。そうだったらいいなぁという。
縄文猫　私は、酸《す》いも甘いも苦いも、丸ごと味わうべきだと思いますがね。
弥生犬　「もしもあの時――」という発想は、ＳＦでは多くの作品を生んでいますよ。あるでしょう？　ＡではなくＢを選んでいたら今頃は、と振り返ること。
縄文猫　その考え方は、町人的だなぁ。
弥生犬　あなたは、町人ではなく武士ですか？　まっ、確かに、「壮士一度《ひとたび》去って復《ま》た還らず」というところがありますね。
縄文猫　その手の話は、結局どうなるんですか？　やり直して、めでたしめでたしですか？
弥生犬　何回やっても結果は同じ、というパターンが多いかな。
縄文猫　で、最終的にはどうなるんです？
弥生犬　結局は時間の中から出ることはできない、という話に落ちつきます。
縄文猫　結局やり直しはできないと確認するってことですか？
弥生犬　まぁ、そうですね。でも、そこがいいんじゃないですか。
縄文猫　やり直すっていうのは、自分の恨みとか、後悔とかを何とかしたいって話ですよね。なんか自己中心的なものを感じますね。

弥生犬　『タイム・トラベラー』（新潮文庫）の中にある短編小説「しばし天の祝福より遠ざかり……」（ソムトウ・スチャリトクル著）は、異星人から永遠の生命を与えられるかわり、地球人全員が七百万年に渡って同じ一日を繰り返すことを強いられるという話です。意外に爽やかな読後感ですよ。

縄文猫　いやいや、爽やかじゃないですよ。七百万年って……。言葉を返すようですが。返して結構。それがプラトン以来の〈対話〉というものです。

弥生犬　弥生犬さんは、もしかして人生をリセットしたい願望があるんですか？

縄文猫　ありますねぇ。ボクはねぇ、猫どんに出会った頃に戻りたい。

弥生犬　猫どんって私のこと？　私と会ったことを後悔してるってことですか？

縄文猫　そうじゃなくて、その頃に戻れたとしたら、まず塩分を減らします。

弥生犬　タイムスリップして、塩分って……。

縄文猫　将来、脳内出血をしないように。

弥生犬　でも、犬さんの人生から脳内出血という事実を取り除くと、今の生活はないかもしれないですよ。満足している部分も消え去るかもしれない。

縄文猫　それは、わからないですね。

弥生犬　アメリカ先住民のプエブロ族の人たちは自分の死ぬ日が前もってわかっていて、その日をすごく大事にしているそうですよ。

弥生犬　その話、『無為の力――マイナスがプラスに変わる考え方』（河合隼雄・谷川浩司著、PHP研究所）に書いてあった。ボクも読みました。自分の人生のピークが全部わかっているから充実感も得られるという。

縄文猫　そろそろ最後の日かなとなると友人を招いて、楽しい話をして大いに盛り上がって、で、死んでゆくという。いい話ですよねぇ。

弥生犬　その日のためにお金を貯めたりしてね。

縄文猫　幕末維新期の政治家、山岡鐵舟《てっしゅう》の話もいいですよね。自分の臨終に三遊亭円朝を呼んで、「退屈だから何かやれ」と一席聞きながら死んでいったという。運命をつかむコツみたいなものを持ってたのかな。

弥生犬　鐵舟の話は内田樹も『死と身体――コミュニケーションの磁場』（医学書院）の中で書いていています。

『死んだ後の自分』という想像的な消失点からつねに『現在』を回想するような生き方をしていたから、剣術もめちゃくちゃ強かったし、政治的な判断でも過《あやま》つことがなかった。鐵舟は人生経験を積み上げてしだいに成熟するというのとは、本質的に違う時間の流れを生きた人じゃないかとぼくは思うのです。／『死んだ後のわたし』を消失点に据えて、そこから前未来形で現在を回想するような時間意識をもつことのできた人間はよく生きることができる。危機に遭遇しても、『死んだ後の自分』の体感をクリアにイメージできる人間がけっきょくは生き残れる」

縄文猫 前未来形って何ですか？

弥生犬 フランス語の時制でそういうのがあるそうですよ。「『未来のある時点で、すでに完了した動作や状態を記述する』ものです。『明日の午後に、私はもうこの地を離れているだろう』というような文がそれに当たります。／人間は『前未来形で過去を思い出す』というのは、ある人が自分の過去について語っているとき、その回想はそれを語り終えた時点を先取りして語られているということです。つまり、人間が過去を思い出すとき、その記憶のよみがえりには、自分が『どういう人間だと思われたいか』という現在の欲望が強いバイアスをかけている、ということです」（『死と身体』）

縄文猫 私、シナリオライターの学校に行っている時に言われたことがありますよ。お墓の中に入ったつもりで書けって。三十代に入る前でしたね。結婚するのも、ＯＬを続けるのも何か違和感があって、なりたい自分というものを必死に考えていて……。で、結局、その時思ったような人生になっているような気がしますね。弥生犬さんに会ったことも含めて。

弥生犬 選ぶんじゃなくて、思った末に今があるってこと？

縄文猫 前未来形、その時は知らなかったけれど、知らないうちにやっていたんですね、私。

たまたま

——「人間であるとかないとか、そんなことどうでもいいことだ。今、私も平太も人間になりつつある。誰かに心配されたり、誰かを心配したりできる愛すべき人間になりつつある。それだけでいいじゃないか」

『Q10』3話

縄文猫 同じものを見ていても、全然違うものに見える人がいるんですねぇ。いやぁ、びっくりしました。

弥生犬 今朝見たテレビ番組ですね。同じドレスなのに、色が黒と青の横縞に見える人と、金と白に見える人がいるっていう。ボクは金と白にしか見えなかった。

縄文猫 私は黒と青。弥生犬さんとは、長年一緒に仕事してきたのに、実は全然違うふうに見えているというのは、ちょっとショックでしたよ。

弥生犬 脳によって光の情報の読み取り方が違うと、専門家の人は言ってました。

縄文猫 人間同士だからって、同じように見えているとは限らないんですね。『おんな太閤記』という大河ドラマがあったんですが、その中で、ねねがしょっちゅう言うんです。「女は女同士」って。それを聞く度に、ぞっとしました。

弥生犬 女というだけで、ひとくくりにするなっていうことですか。

縄文猫 女は女同士って言われてもねぇ、そんな簡単なもんじゃないでしょうと、その時は思ったのかな。

弥生犬 でも、当時に比べると今は、いろいろな立場の人のことを考えましょうという世の中になりました。

縄文猫 いいことなんだけど、ちょっと複雑になりすぎたかもしれない。

弥生犬 分類が複雑になる一方ですからね。いろいろなアレルギーの子供がいるのがわかってきて、そうなると給食で同じものを食べさせるのは暴力と同じじゃないかということになるしね。

縄文猫 なのに、平等でなきゃなんないし、みんなで何かをするというのは、本当に難しい。

弥生犬 修学旅行なんか、今は数人のグループに分かれて行動してます。

縄文猫 神戸は観光地だから、よくそういう生徒さんたちとすれ違いますよ。仲のよさそうなグループは、ノリが同じで楽しそう。寄せ集めのグループは、無理やりテンション上げてる三人ぐらいに、あとの二人が距離をおいて黙ってついていってるというのを、よく見ます。

弥生犬 それって、ボク、今でも謎なんですよ。好きな者同士でグループをつくれと言われたら、みんなパッと見事に分かれるじゃないですか。お前ら、いつ打ち合わせしてたんや、と言いたい。

縄文猫　私は、そういう時、必ず余る生徒でした。クラスの人気者の弥生犬さんも余るクチだったんですか？

弥生犬　あまりにも、いろいろなヤツと仲がよかったから、いざという時、どこに入ればいいのかわからなかったんですよ。

縄文猫　二人とも、上手く付き合うということがわからなかったんですね。つねに、私ら同じ仲間だよね、という確認を怠らずやるような。

弥生犬　友達って何だろうね。ボクはたまたま初めて誕生日会に呼んでもらったヤツと、六十才を越えた今も付き合ってますが。

縄文猫　たいていの人は、たまたま居合わせたから友達、なんじゃないですか。

弥生犬　まぁ、我々もそうですが。

縄文猫　ラジオドラマのコンクールで入賞した私の作品の収録の打ち上げに、弥生犬さんがいたという。

弥生犬　あの店は、放送局の人にボクが教えてあげたんですよ。

縄文猫　じゃあ、やっぱり、たまたま出会ったんだ。

弥生犬　今の人は、ネットなんかで吟味して友人をつくっているのかな。

縄文猫　選び放題に思えるけど、やっぱり、たまたま部活の帰りが一緒だったとか、そんなんじゃないかな。
弥生犬　バイト先が同じだったとか？
縄文猫　恋愛も、そうでしょう。最初にしゃべったのがその人だったとか。
弥生犬　あ、帯がほどけましたよ、とか言って一緒になったりしてね。
縄文猫　それは志ん生さんの落語ですよ。
弥生犬　でも、たまたまそのグループに入ったということで、トラブルに巻き込まれることもありますからね。
縄文猫　誰でもいいから殺したい、と思ってる人と出会ってしまう、ということもあるってことか。
弥生犬　昔なら、不良と付き合うな、ですんだけど、今はそんな線引きをしても、何の意味もない。
縄文猫　普通に見える人が、とんでもないことをやったりしますからね。当たり前に暮らすことが、こんなに難しくなるとは思ってもみなかったですよ。
弥生犬　トラブルを起こす人は、人間関係で追い詰められた人ですよ。自分の立場が危うくなった人が、何かを起こしてしまう。
縄文猫　よく見ていてあげる、というのが必要なのかな。でも、みんな自分のことでせいいっぱいですからね。自分の話ばかり聞かせる人とか多いですよね。

弥生犬　男女間に友情は成立するか？というのを語りたがる人は、そうかもしれない。

縄文猫　修学旅行の夜に必ず出るテーマですよ、それは。

弥生犬　ジェーン・スーの『貴様いつまで女子でいるつもりだ問題』（幻冬舎）という本の中に、「男女間に友情は成立するか否か問題が着地しました」という章があって、そこで「結局『男と女の間に友情は存在するか？』というトピックは、友情論を隠れ蓑に、自分の恋愛観を話すための隠語に過ぎない。友情が成立するかしないかを語るのは、自分が恋愛にどう対峙しているかを赤裸々に語るのと、きわめて近いのです」と書いてある。

縄文猫　つまり、友情の話なんかどうでもよくて、自分の恋愛観を語りたいだけってことですか。

弥生犬　ドラマだって、やっぱり何だかんだいって、みんなが見たいのは色恋沙汰ですからね。

縄文猫　不倫ドラマの話で女友達と盛り上がるのは楽しいらしいですよ。この登場人物の気持ちはよくわかるとか、ラストであれはないわ、とか。でも、そんな会話にのれない女の人も必ずいて、そういうのに付き合うのは疲れるとか陰で言ったり。

弥生犬　ふだん言えないことを、何かに託して語りたいだけなんだけどね。

縄文猫　もしかして、人を殺してしまうような子供もそうなんでしょうか。殺人に託して、何か言いたかったのかな。私はこう思っているけど、ヘンですかって、声に出して言えたら、殺すところまでいかずにすんだのかな。

弥生犬　そうかもしれない。でも、もっと複雑だと本人は言うでしょう。

縄文猫　「女は女同士」とか言ってたのは、のどかな時代だったんだなぁ。

何も持ってないという自覚

――「自分は自分でいいんだと思えるところからしか、オリジナルなものは出てこないと思う」

『二度寝で番茶』（双葉社）

縄文猫　今、『哲子の部屋Ⅲ』（河出書房新社）を読んでいるんですが。

弥生犬　あぁ、NHKのEテレでやってた哲学の番組を本にしたやつね。

縄文猫　いやぁ、びっくりしました。本当の自分なんてないんですって。ずっと変わり続ける自分があるだけだっていうの。知ってました？

弥生犬　もちろん。ボクは現代思想の本を読んでますから。それは、ドゥルーズですか？

縄文猫　そういや昔、誕生日に買ってあげましたね、ドゥルーズ・ガタリの『千のプラトー』（河出書房新社）。

弥生犬　夫婦ゲンカした時、もっと金になる本を買えと罵られましたが。

縄文猫　いや、悪かったです。いいこと言ってますよ、ドゥルーズさんは。この本の解釈によると、半端な自分を肯定しろということらしいんですが、全くもってその通りです。

弥生犬　縄文猫さんも、昔、『二度寝で番茶』（双葉社）というエッセイ本の中で似たようなことを書いてたじゃないですか。「私達は自分には才能なんてないということを知っている。それが大きな武器になるんじゃないかな。自分を大きく見せようと誰かの借り物で武装してる人は、借り物のものしかつくれない。でも、自分をダメだと認められる人は、自分を心から肯定できるということでしょう？」

縄文猫　そうなんですよ。なぜか、みんな、完璧な自分というものを目指してしまうんですね。そんなもの、ないと思うんですが。

弥生犬　何なんですか、その完璧な自分っていうのは。

縄文猫　だから、みんなが、いいなぁと思ってるような人に自分はなりたい、というか、それこそが自分だと思い込むというか。

弥生犬　コラーゲンを飲んで、美魔女になるみたいなことですか？

縄文猫　オバサンはね、今の自分は仮の姿だと思っているんです。だから、ちょっとがんばれば、美魔女と呼ばれる本来の自分になれるはず、と信じているんです。

弥生犬　昔のマンガ家がベレー帽をかぶっていたのは、手塚治虫になりたいということなのかな。手塚先生こそが、本当の自分の姿だと。

縄文猫　なりたかったんだと思いますよ、手塚治虫そのものに。でも、手塚治虫と違う作風で描き始めた人たちは、ベレー帽なんてかぶってなかったんじゃないかな。

弥生犬　どこかの時点で、自分は手塚治虫にはなれない、と思い知ったということですか。

縄文猫　シナリオ講座の講師をする時、必ず最後に言うことがあって、「書くということは、自分に才能がないということに気がついてしまうということです。でも大丈夫。そのことさえ引き受けることができれば、怖いものは何もありません」って。自分には何もない、というところからしか始まらないと思うんですよね。

弥生犬　いや、でも、それは、さぞたよりない心持ちでしょうね。

縄文猫　高名な翻訳家、鴻巣《こうのす》友季子さんのエッセイにこんなのがあります。「ものを書くあいだ、人はどうにもこうにもひとりである。『孤』または『個』というのが、書くことの属性だ。／わたしの仕事場は半地下にある。ときおり南東側に切られた天窓を下からのぞくと、きらきらと光の粒が舞い降りてきて、まるで水中から海面を見上げるような心持ちになる。孤独という状態は宇宙が生まれたときからあるものでも、寂しいという『気持ち』はヒトが発明したものだろう。人間はなにか心の収まりがつかないとき、精神に漠たる空白を感じたとき、気持ちが剝きだしになってスースーしたとき、そこに『寂しい』という語を絆創膏のようにあてて守ってきたんじゃないだろうか」（『やみくも――翻訳家、穴に落ちる』筑摩書房）

弥生犬　この人、『嵐が丘』を訳していた時は、まる一ヵ月、郵便受けに行くまでの二歩をのぞいて、一歩も家から出なかったんですよね。

縄文猫　一度だけ乗った乗り物が救急車だったと。すごいですね。

弥生犬　そんな話を聞くと、そうか、そんな生活をすると書けるのかと、真似する人が出てきたりするんですよ。

縄文猫　そういうことじゃないだろう、と思うんですが。

弥生犬　テレビのプロデューサーで、軽い障がいを持っている人がいるんですが、同期から「お前はテーマがあっていいなぁ」と言われたそうです。本人は憤慨してましたが。

縄文猫　適菜収《てきなおさむ》さんという風変わりな哲学者によれば、ニーチェはこう言っているそうです。「天候に関し、病気に関し、また善意に関しては、誰でもが、口出しできると信じている。それは知的な卑俗さのしるしである（『生成の無垢』）」（『ニーチェの警鐘――日本を蝕む「B層」の害毒』講談社プラスアルファ新書）

弥生犬　テーマというと、なぜか疎外されたもの、影や傷ついたものや病んだもの、なべてマイナスイメージの方が上等だという思い込みがある。自分のような、なんの挫折もない平々凡々たる人間がものをつくれるはずがない、と思っている。

縄文猫　だから、目にみえて変わったものこそがオリジナリティだと思い込んでしまうのかな。

弥生犬　実は、一番ヘンなものは、自分の中にあると思うのですが。でも、そんな中途半端なものは、企画書なんかには書けないですからね。

縄文猫　書かないですね。ドラマの企画書なんかでも、プロデューサーや作家は、始めがあって、終わりがあるという、ちゃんと体裁が整ったものを出してくる。でもね、それって、途中がないんですよ。いろいろあって、みたいな書き方で省略してしまう。でも面白いのはそのいろいろあってのところなのにね。

弥生犬　自分自身のことを考えてみても、生まれてきた時のことなんか覚えてないわけで、終わる時も、たぶん、よくわからないうちに死んでしまうわけです。だから、我々が実感としてあるのは途中だけ。

縄文猫　仕事や学校や家族のゴチャゴチャした付き合いがあって、その隙間のような時間、私たちは深い海の底で、ひとり、きらきら光る海面を下から見ているわけですね。

弥生犬　自分がなんかつぶやく度に、口から泡がぶくぶくと出て、それが海面に向かって上ってゆくわけです。

縄文猫　その泡こそが、オリジナリティですか？

弥生犬　なかなかうまくすくい取れず、あっという間に消えてしまう。

縄文猫　なんだか、もったいないですね。

弥生犬　いや大丈夫。息をしている限り、泡はいくらでも出てきますから。

私の問題など何ものでもない

——「生きていれば、うれしいことも悲しいことも、波のように繰り返しやってくる。でも、それらは、自分のせいではない。有頂天のときもどん底のときも、そのことを思い出して、ちゃんと元の居場所に戻ること。『道を踏み外さない』とは、そういうことだと思う」

『6粒と半分のお米』（双葉社）

弥生犬　先日、初めてサイン会というものに参加しました。

縄文猫　いつもだったら私一人なんですけど、なぜか弥生犬さんも大阪まで行くと言いだして。

弥生犬　本が売れたらいいなぁと思ったんですよ。

縄文猫　弥生犬さんが来たからって、そんなには売れないですよ。十冊ぐらいは余分に売れたかもしれないけど。

弥生犬　それでも、ありがたいです。

縄文猫　東京からとか、けっこう遠方から来られた方もいましたね。

弥生犬　お菓子や手紙や花束なんかもらったりして。ちやほやされるのって、いいもんですね。

縄文猫　弥生犬さんは、お世辞やヨイショに弱いからね。

弥生犬　誰だって弱いですよ。

縄文猫　それで失敗した人を、たくさん見てきたじゃないですか。

弥生犬　いましたね。私が書いたセリフを言える主演女優は幸せだって豪語していた女のシナリオライター。

縄文猫　初めてのゴールデンタイムの連ドラで舞い上がってたんですよ。五話目から名前が消えてしまいました。うまいセリフを書く人で、みんなからほめられてたんですけどね。

弥生犬　ほめ殺しですね。

縄文猫　ほめられると、もっといいものを書かねばならないと思いますからね。で、それが重圧になる。いやぁ怖いですよ、ほめコトバは。

弥生犬　ボクの友人の女性は、とてもシニカルな人で、テレビなんかで知り合いがコメンテーターとかで出ていると、「あ、この人、勘違いしてはるわ」と、それはもう地の底から響くような冷たい声で言い放つんですよ。それを目撃してぞっとしました。

縄文猫　自意識過剰はかっこ悪いですよね。

弥生犬　自然な演技が一番難しいように、自意識のコントロールは、よほどしたたかな人でないとね。

縄文猫　たしかに。三島由紀夫も言ってますから。「他人が私に対するとき、本当に彼にとって興味のあるものは私の弱点だけだということも、たしかな事実であるが、ふしぎな己惚《うぬぼ》れが、この事実を過大視させ、もう一つの同じ程度にたしかな事実、『他人にとって私の問題などは何ものでもない』という事実のほうを忘れさせてしまうことが、往々にしてある」(『小説家の休暇』新潮文庫)

弥生犬　言われてみれば、その通りです。

縄文猫　自分のことを考えてみれば、そうなんですけどね。

弥生犬　それで思い出すのは、今年(二〇一五年)の三月一九日に急逝された桂米朝《べいちょう》さんの聞き書きです。桂花柳という古い噺家《はなしか》の川柳に「浮かされた値札に金魚甘んじて」というのがあるんですが、その句を米朝さんはこう説明するんです。「金魚屋へ行くと金魚の入った盥《たらい》の水面に『一銭』とか『二銭』とか『五銭』なんて値段を書いた経木を浮かしてるんや。金魚は自分にどんな値段が付けられてるかは知らずに泳いでる。私はこのお方がそういう人やったと思うな。あれだけうまいお人やったのに大きい評価は与えられずに、『俺はこれでええんや』と悠々と付けられた値札の下で泳いでた」(小佐田定雄『米朝らくごの舞台裏』ちくま新書)

縄文猫　いい話ですね。そういう人になりたいなぁ。

弥生犬　「ヨツアナカシパン」の話もいいですよ。磯の生き物なんですが、これこそがまさに、我々のロールモデルではないかと思うのです。

縄文猫　なんですか、それは。

弥生犬　精神科医の春日武彦さんが書いてるんです。「直径が五センチ、厚さが〇・七センチくらいの平べったい円形をした海の生き物で、(中略)分類学上はウニの一種に相当するらしいが(中略)砂を吸い込んではその中のプランクトンを濾過《ろか》して食べているらしい。(中略)無味乾燥な説明を、わたしはぼんやりと目で追っていた。すると解説文の末尾に、人間にとっては毒にも薬にもならないし日常生活に入り込んでくる機会もないといった意味合いで、取って付けたようにぽつりと、『人生とは関係がない』と書き添えてあった。生物学者の筆による正確だが無愛想な文体にいきなり『人生』という文学的な言葉が登場することでもたらされた違和感とあいまって、一五歳であったわたしは、この『人生とは関係がない』というあまりにもそっけない言い回しに、得体の知れない衝撃を受けたのだった」(『残酷な子供、グロテスクな大人』アスペクト)

縄文猫　いや、でも、日常に起こるほとんどのことは、人生とは関係ないことかもしれません。我々が勝手に意味をつけているだけというか。

弥生犬　自分のやっていることがものすごく意味があると思っていても、人から見れば無意味だということもありますからね。

縄文猫　小学生の時、カニの殻を持ってきた子がいて。食べた後の甲羅の部分。私は「生ゴミやん、それ」と思ったけど、先生はなぜか教壇の上から高々と見せるんですよ。私は

弥生犬　なんか、場違いというか、いたたまれなかったなぁ。

縄文猫　我々の書いたものもそうですよ。ファンの人は、自分の人生と重ねて、とってもよかったって感激してくれたりするじゃないですか。でも、正直に言うと、他の人の人生のことまで考えて書いてないでしょ？　我々は。

弥生犬　書き飛ばしてますねぇ。放送が終わったら見かえすこともない。意味は、観たり読んだりした人が、勝手につけてくれると思ってますよね。

縄文猫　受け手がつくってくれている部分がとても大きい。だから作品として成立しているわけで、全然別の文化圏に我々の作品を持っていっても意味のないものになってしまう可能性はあるわけです。

弥生犬　そんなに、たよりないものですか。

縄文猫　だいたい、今は、意味をつけすぎているかもしれません。それで、みんなどこか傷ついている。

弥生犬　太っている人は不幸だとか、長生きが幸せだとか。

縄文猫　テレビが意味をつけてくれる。

弥生犬　でも、意味をつけることで人は救われたりもするからなぁ。

縄文猫　物語で癒されるのは、そういうことでしょうね。

弥生犬　そんなことに無縁で生きているヨツアナカシパンが、うらやましい。

弥生犬　現代人の憧れですね。

捨ててこそ

――「アナタ、この世に、そんな女が居るとは信じられないって思いましたね、今」
「はぁ」
「それは違います。いろいろ、居ていいんです」

『すいか』1話

弥生犬 今回引用した台詞は、松田青子さんの『読めよ、さらば憂いなし』（河出書房新社）という本の中にある、「『すいか』の夏」から取らせていただきました。

縄文猫 孫引きですか？

弥生犬 あの『スタッキング可能』（河出書房新社）の松田青子さんが書いてくれてるねんぞ、というちょっとした自慢です。

縄文猫 最初、我々のムック本のために書いて下さったんだけど、あまりに素晴らしかったので、文庫版『すいか』の解説もお願いしまして、『読めよ、さらば憂いなし』には、その時の文章が二つ掲載されてます。

弥生犬 松田さんの「すいか」の評論は、あなたの性格まで言い当ててます。

縄文猫　そうなの？

弥生犬　「どの回でも、物事の違う面を見せようとする。世の中で、一般的にこういう時はこうだろうとか、これはこういうもんだろうとか、わかりやすくて厄介なフォーマットができてしまっている物事に対して、ものすごいしつこさで、そうとは限らない、そんなこと誰も決めてない、別にそれ気にしなくていい、という態度をとり続ける」（『読めよ、さらば憂いなし』）

縄文猫　松田青子さんも頑固な人だと思いますけどね。本屋さんに、「なんでそんなことするの？　松田青子」と書いてあったのを見つけて爆笑しました。『なんでそんなことするの？』という絵本の宣伝だったんですけどね。でも、当たってます。ものすごいしつこさ、というところは、私の性格そのもの。

弥生犬　要するに、あなたは世間の普通がイヤでイヤでしょうがないんです。かくあるべきとかに、いつも反発してる感じ。天の邪鬼というか、ヘソ曲がりというか。

縄文猫　将棋の歩回りってゲーム知りませんか？　後ろから来た駒に乗っかられると、裏返って一回休みになる。敵の駒が同じところに止まると、また裏返って二回休みになる。そんなふうに何回も延々と虐げられ続けると、やがてひょっこり別の道に出てしまって、その時は一挙に王将になれるという。たとえマイノリティであっても、マイナスを突き詰めると一発逆転があるのです。

弥生犬　そういえば、池田清彦先生が、「マジョリティは本当に安全か」という論陣を思いきりはって、がんばっておられます。『同調圧力にだまされない変わり者が社会を変える』（大和書房）という本もそうですが、『心は少年、体は老人。――超高齢社会を楽しく生きる方法』（大和書房）という本の中でも、「グローバリゼーションとは、この世の最終権力を国民国家から多国籍企業に移すことだ」と言ってます。

縄文猫　それは、つまり儲けたもん勝ちってことですね。

弥生犬　どんなズルをしたって、一円でも多く出し抜いて、お金を儲けた方が偉いという。ボクはね、「正直者が馬鹿をみる」というコトバが大嫌いなんですよ。

縄文猫　私も、それがイヤで、その対極に位置するようなコトバをいろいろと拾い集めてるんですよ。「神を捨て、仏を選んだドイツ人住職が独自の視点で仏教名言を完全超訳！」と帯のついた、『ドイツ人禅僧の心に響く仏教の金言１００』（ネルケ無方著、宝島社）という本があります。

弥生犬　たとえば、どんなコトバがあるんですか？

縄文猫　一遍さんは、どんな心情で念仏を唱えればいいかと聞かれて、「捨ててこそ」と言うんです。見返りを期待するような念仏は本当の念仏ではない。「ただする」という行為が大事だと。ネルケさんの超訳は「見返りを期待するのは、愛ではなく、スケベ根性だ」です。

弥生犬　今の人は、損をすることを必要以上に恐れすぎていると思いませんか？

縄文猫　得をしそこなった人間は、バカだと思われるんですよ。私、電気店で貯めた一万七千円分のポイントを期限切れで失ってしまったんですけど、店員に、あほやなぁ、とバカにされました。でも、その時、そうか、今の時代は損をした人間は蔑まれるんだと気づくことができたので、大きく見ると得したんですね、私は。

弥生犬　こうやってエッセイのネタにもしてるしね。損したポイント分は充分取り返してますよ。

縄文猫　取り返してるという考え方自体が、スケベ根性なんですけどね。そういうところから自由になりたいと、私は思うわけです。だから、時々、あえて損をするようにしてます。お先にどうぞ、みたいなことを言うと、今の人は、ものすごく驚いたり、恐縮したりしますよ。損を引き受けると、人との関係がものすごく変わるんです。それなのに、誰かに付け込まれて損をするんじゃないかといつも身構えてる人が多いのはどうしてなんでしょうね。

弥生犬　それは、詐欺師の手法ですよ。まず自分が損をして見せて相手を安心させるという。

縄文猫　だから、自分が損を引き受けると、そういう手口も見抜けるようになるんです。

弥生犬　お金だけじゃなくて、時間を無駄にする人も、やっぱり評価されない。

縄文猫　今は時間もお金に換算されますからね。

弥生犬　鷲田清一さんの『おとなの背中』（角川学芸出版）という本の中に、「時間をあげる」というエッセイがあって、そこにボクシング元日本フライ級チャンピオンでコメディアンのたこ八郎さんのことが書かれてるんです。

縄文猫　面白い人でしたよね。海で亡くなってしまいましたが。

弥生犬　たこ八郎の墓石には、「めいわくかけてありがとう」と書かれているそうです。

縄文猫　ごめんなさいじゃなくて、ありがとうなんだ。

弥生犬　「こんないいかげんなじぶん、迷惑をかけどおしのじぶんに、最後までつきあってくれた人、逃げないでいてくれた人への感謝である」と鷲田さんは言ってます。

縄文猫　たこ八郎さんと最後まで付き合った人は、損したとは思ってないですよね。その人にとっては、豊かな時間だったと思う。

弥生犬　損とか、得とか、お金ではかるのはやめて、自分で決めるようにして欲しいものです。

縄文猫　あ、それ私が言いたかったのに。なんで先に言ってしまうかなぁ。あ〜なんか損した気分。

恋愛と消費

――「もし恋に落ちて、常識がひっくり返ってしまったら、その後、どーなってしまうんですか」
「――違う自分がいる」
「――」
「それが恋だよ」

『Q10』2話

弥生犬　大変だ、大変だ。縄文猫さん、この本読みましたか？
縄文猫　え？　ああ、『恋愛しない若者たち』（牛窪恵著、ディスカヴァー携書）でしょ。徹底した取材もさることながら、結婚観や恋愛観の変化を歴史的流れを押さえながら整理してくれていて、目からウロコの箇所がふんだんにありました。
弥生犬　今の若い人たちは、「告白って、なんか本気すぎて怖い」とか、「恋愛自体がネタっぽくて恥ずかしい」とか思ってるんですね。
縄文猫　お金や時間がかかるわりに、お得感がないそうです、恋愛には。むしろ早く結婚して、

弥生犬　そんな面倒なことから解放されたいという気持ちの方が強いって書いてある。ドラマにかかわっている身としては、困りますね。恋愛ものを書いたりしたら、「盛ってんじゃないよ、おっさん」とか思われるんじゃないかって。

縄文猫　プロデューサーは今でも脚本家に言ってるんじゃないですか。「このドラマ、ラブが足らないんだよ」とか。

弥生犬　ラブの発注をかけてきますからね。「このへんにもっとラブを」とか。

縄文猫　若い視聴者は、テレビが考えているようなラブストーリーがリアルだとはもう思ってないのにね。なのに、つくる方は、リアルな恋愛ものをとか思ってる。

弥生犬　北村透谷《とうこく》の「恋愛は人世の秘鑰《ひやく》なり」というのは、ロマンチックラブ・イデオロギーの宣言で、明治時代に日本に輸入されたわけで、我々は身の丈に合わないものを着てるわけです。

縄文猫　じゃあ、若者が恋愛を「ネタっぽい」と言うのは当然ですね。

弥生犬　でもね、そう言う人は、人生全てがネタなんじゃないですか？　デカルトも、「夢と現実の区別は可能なのか」と問いかけていますし、人生はゲームだという考え方はたくさんあるでしょう。

縄文猫　案外、今の人は、人生をフィクションやゲームととらえることを、不謹慎と感じたりしますからね。だから「ネタっぽい」恋愛を受け入れられないんじゃないですか。

弥生犬　ちょっと前の人は、恋愛をゲームのようには思ってないようですよ。例えば、吉本隆明は『超恋愛論』（大和書房）の中でこんなふうに書いています。「たくさんの人にちやほやされるとか、ぱっと会った瞬間に異性に好もしく思われるとか、そういうことではありません。それは恋愛の本質的なこととは何の関わりもないと思います。（中略）細胞と細胞が呼び合うような、遺伝子と遺伝子が似ているような――そんな感覚だけを頼りにして男と女がむすばれ合うのが恋愛というものです。／たとえて言えば双子のきょうだいのような感覚というのが近いのでしょうか。条件も何も関係なく、わけがわからないままに男女がひかれ合い、赤の他人なのにまるで双子のきょうだいのような感じをもつ。それが恋をするということであり、そうした経験は、やはり稀有《けう》なものです。生涯のうちにそう沢山あるものではないと思います」

縄文猫　恋愛って、ものすごく大きなことだったんですね。

弥生犬　三島由紀夫は、もっと激しいです。「恋愛というものは、社会と正面衝突しなければ、ほんとうの恋愛ではなく、その時代の社会に有害と考えられるのでなければ、恋愛の資格はありません。そのときはじめて恋愛は文化に貢献したのであります」（『三島由紀夫の言葉――人間の性』佐藤秀明編、新潮新書）

縄文猫　戦中派は、おそろしいほど誠実というか、生真面目だ。

弥生犬　でも、まっすぐな言葉だから、スルーできない何かがあるでしょう？

縄文猫 偉い人が、こんなに大真面目に考えていた恋愛が、いつの間にか消費する対象になっちゃったんですね。恋愛するならまず車がいるとか、デート用の新しい服とか、有名レストランを予約しないと恥をかくとか。

弥生犬 知り合いの女性が、花火がよく見えるスイートルームを予約してくれて、シャンパンを飲ましてくれたら、すぐ落ちるのに、と言ってましたね。

縄文猫 彼女、バブル世代でしたからね。びっくりしましたよね、本気で言ってるよ、この人って。

弥生犬 正直、ついてゆけないですねぇ。ちょうど戦中派と、恋愛が商品になってゆく経済至上主義の中間地点にいるのかな、我々は。

縄文猫 私も弥生犬さんも、バブルの時は引きこもってたから、その時代の文化が抜け落ちているんですよ。

弥生犬 ずっと古い映画のビデオを観てましたね。

縄文猫 だから、ドラマ『Q10』を書く時、恋愛モノをと言われて、ものすごく困ったんですよ。私は、恋愛っていうのは、承認欲求を満たしてくれるものだと思っていたんだけど、視聴者の方は、そんなもの見たくないわけです。とにかくキュンとしたい。甘い気持ちになりたい。トレンディドラマで、そんなおいしいところばっかり食べさせられている世代の欲求にこたえるようなドラマが、私たちに書けるわけないって。で、

弥生犬　とにかく書いてみたら、初回の視聴率のみ一五パーセントで、次からはずっと一〇パーセント前後。つまり、なんだ恋愛モノじゃないじゃんと思って脱落した人が五パーセントいたわけです。告白とかすれ違いといった恋愛モノのパターンを全部取り除いて書きましたからね。

縄文猫　でも、一〇パーセントの人が残ってくれたんやね。

弥生犬　時代が変わりつつあったんでしょうね。もう、消費のための恋愛はいいやっていう。今は、自分を承認してくれるのは、恋愛しかないんじゃないですか。

縄文猫　昔は、会社や共同体がちゃんとした役割を与えることで社会の一員であると承認してたわけです。それがなくなって、みんな自由になったかわりに、誰からも承認してもらえなくなった。で、恋愛で承認してもらおうと思っても、恋が終わる度に承認は取り消されるわけでしょう。若い人は、ズタズタになるんじゃないですか。今の人は、ただただ安定した承認が欲しいと思ってるんじゃないかな。

弥生犬　自由はもういいから、とにかく孤独はいやということですか。

縄文猫　オレのこと認めてくれって、思ってるんでしょう。でも、その前に、自分が誰かを認めないとダメなんじゃないかなぁ。

弥生犬　「あ〜、君たちがいて、ボクがいた」（「君達がいて僕がいた」作詞：丘灯至夫、作曲：遠藤実）

縄文猫　うわぁ、古い。これがわかる人は、今の若い人の悩みなんて、わかんないだろうなぁ。

私だけの部屋

――「これから先もさ、また、こんなふうにポロッて、誰かと出会えるのかな。
もしそうなら一人で土の中掘ってるのも悪くないよね」
『野ブタ。をプロデュース』3話

弥生犬　今は最小限の生活道具でシンプルに暮らすのが流行っているというのに、うちは反時代的というか……。

縄文猫　本の増え方が異常に速いんですよ。いろいろなところに、どんどん積み上げてゆくから。そういえば、最近、床を見てないなぁ。

弥生犬　本ばかり読んでいると、中島敦の「文字禍《もじか》」みたいになりそうで、ちょっと怖いなぁ。文字の精霊の恐るべき秘密を暴いた古代アッシリヤの老博士が、かれらの怒りをかって書架の粘土板に押しつぶされる話なんですが。

縄文猫　このままゆくと、本当に本に押しつぶされてしまいますよ。今でもファックスを使う度に、腰ぐらいまで積まれた本の間を分け入ってゆかねばならないし。伸び放題の草地みたいです。

弥生犬　ボクは物欲はない方だと思うんだけど。
縄文猫　家に転がり込んできた時は、薄いビジネスバッグひとつで、それから荷物は全く増えてないもんね。
弥生犬　なのに、本になるとコントロールできない。これは高校生の頃からの習性かもしれませんね。ボクの周辺では、妙な知識を持っているヤツが力のある存在だと競い合ってましたからね。
縄文猫　六十を越えた今でも、その頃の友人が集まったら、ヴィトゲンシュタインがどうだとか、大真面目に話してますもんね。「ポストモダンの人たちが言ってるんじゃないですかぁ」とか偉そうに言ったりして。
弥生犬　あいつらも、本に書いてあることの価値についても意味についても、当時は何もわかってなくて、ただがむしゃらだっただけですよ。ただただ、難しそうな本を早くたくさん読むのが偉いという。テレビでやってる大食いチャンピオンみたいなものです。
縄文猫　読書は量より質だということは、それなりの数の本を読まないと気づかないですからね。
弥生犬　そうそう、今だから言える。
縄文猫　私が物語ばかり読んでいたら兄に怒られたことがありますよ。お前は好きな本しか読まないからダメだって。私、びっくりしましたよ。えっ、みんな、好きじゃない本を

弥生犬　いやいや読んでるのって。

縄文猫　昔は、教養のために読書していたんです。そういえば、うちの父とかは総合雑誌を買ってましたね。「文藝春秋」みたいな分厚い雑誌。おじさんたちは、みんな読んでましたよね。

弥生犬　今の政治、文化、教養が一冊でおおよそ全部わかるみたいな雑誌ね。

縄文猫　読書は嗜《たしな》みだったんですね。

弥生犬　教養と呼ばれるものは広くなければならなかったからね。

縄文猫　今は、人が知らないような狭い分野のことにめちゃくちゃ詳しい人が、教養があると思われるんじゃないですか。

弥生犬　昔で言うところの教養は、スマホやパソコンの中にあって、みんな、それを持ち歩いているわけですからね。

縄文猫　あと、読書が人との付き合い方を決めるということってなかったですか。こういうのを読んでる人なら大丈夫、とか。本棚を見て、うわぁベタな教養で満足してはるわ、この人、みたいな。

弥生犬　本棚は、人柄がでますよね。今はスマホの中に人柄があるんでしょう。下品なことも、崇高なことも、ヤバイことも、微笑ましいことも、ロックをかけて、それぞれがスマホの中にしまい込んでいる。

縄文猫 弥生犬さんが、スマホやネットを使わないのが不思議ですよ。自分でダレ性だと言ってるじゃないですか。

弥生犬 ダレ性というのは、関西弁で、つまり、飽き性というか、間が持たなくて、時間を持て余してしまうことです。子供の頃、家族は大人ばかりで、一挙手一投足を監視されているような立場だったんです。

縄文猫 大事に育てられたんですね。

弥生犬 大人はやるべきことがあるけど、ボクには取り紛れることがない。それで本という対象を見つけ出したわけです。小泉今日子さんの書評集に、本を好きになった理由として、次のように書いてありました。「本を読んでいる人には声を掛けにくいのではないかと思ったからだった。忙しかった十代の頃、人と話をするのも億劫だった。だからと言って不貞腐れた態度をとる勇気もなかったし、無理して笑顔を作る根性もなかった。だからテレビ局の楽屋や移動の乗り物の中ではいつも本を開いていた。どうか私に話しかけないで下さい。そんな貼り紙代わりの本だった」（『小泉今日子書評集』中央公論新社）

縄文猫 今だったらスマホですね。そうか、本は乗っ取られたのか、その立場を、スマホに。

弥生犬 若い頃の読書は、のたくった文字というものを見ているだけなのに、世界が開けたというか、酔っぱらったような高揚感があった。いつでも古代ギリシャの哲学やヨーロッパの現代思想の人たちを呼び出せるわけですから。そういう人たちと、ずっとしゃべっている感じだったなぁ。

縄文猫 私は、小さな社宅なのに、家族みんながおしゃべりで、ケンカの絶えない家だったから、とにかく一人になりたくて、壁に向かって本を開いてた。そこには別世界があって。だから、私の場合、本は部屋なんですよね。私だけの部屋。これも、今の人なら、やっぱりスマホで事足りるんでしょうけどね。

弥生犬 昔と比べて、本が売れないわけだ。

縄文猫 出版の形は変わってゆくんですかね？ 経費を節約するために、作家の書いたものが、ゲラでチェックされずにそのまま世の中に出てゆくとか。

弥生犬 編集者が目を通さなくなるのは怖いですね。

縄文猫 ネットの情報に比べて、まだ本は信用されている部分があると思う。それは編集者の存在によると思うなぁ。作家のオリジナリティを生かしつつ、本当じゃない情報を流さないようチェックしているわけです。それが、経費削減でカットされていったら、やがて本もネットと同じように、安くて便利だけど、全てが本当かどうかわからないものになってゆくということですよね。

弥生犬 そこは何としても死守して欲しい。本の強みは、ずっしりとした存在感にあるんですから。

縄文猫

まぁ、その存在感に、私たちの部屋はずっと圧迫され続けているんですけどね。

まだこの世にないもの

――「でもですよ。一見、タオルでも、中に何か包んでるかもしれない。
拳銃か、札束か、一冊の詩集か」

『すいか』4話

弥生犬　我々がネットをやめて、まる二年ですか？

縄文猫　そう。メールもすっぱりやめてしまったからね。ケータイは弥生犬さんとの通話専用で持ってるだけ。仕事もプライベートも固定電話とファックスだけですましてます。

弥生犬　しかも、留守電にしてないから、なかなかつながらない。

縄文猫　そう。タイミングが合わないと話せない。だから、連絡はほとんどファックスです。原稿もそう。データじゃないから編集者がパソコンで打ち直してくれてるんです。写真もメールで送れないから、メモリーカードを郵送するとかだし、メールで添付すればすむゲラも、全部郵送。今どき、めんどくさい作家ですよねぇ。

弥生犬　締め切りも、守らないしね。

縄文猫　アニメ会社の社長さんにファックスで、仕事の状況とかを送るわけです。「全然できてません」とか。メールじゃないから、社長の席まで社員さんが持ってきてくれるらしいんだけど、その間に読むんですって。私の送ったやつを。そしたら、社長も大変なんですねぇって同情してくれて、それ以来、ちょっとだけ優しくしてくれるようになったそうです。

弥生犬 昔のオフィスは、そんな感じだったんでしょうね。

縄文猫 口で言わなくても、なんとなく情報を共有してたんだと思います。

弥生犬 今の方が共有しているでしょう？　ネット社会なんだから。

縄文猫 いや、それがそうじゃないみたいですよ。香山リカさんの『ソーシャルメディアの何が気持ち悪いのか』（朝日新書）によると、ＳＮＳで使われている文章がどんどん圧縮されていってるみたいですよ。

弥生犬 短くなってるってこと？　まぁ、Ｔｗｉｔｔｅｒは、一四〇文字までですからね。

縄文猫 ＬＩＮＥなんかだと、三行以上あると読んでもらえないんですって。

弥生犬 どういうこと？

縄文猫 今の人は、ビジュアル的に余白がないとダメなんじゃないですか。

弥生犬 文字数が限られていたら、言いたいことも言えないんじゃないの？

縄文猫 何言ってるんですか。もう、文字すら使わない人もいるんですよ。スタンプだけとか。

弥生犬 絵から言いたいことを読み解けってこと？

縄文猫　正確な情報を伝えるというより、自分の今の気持ちを、わかってもらいたいんじゃないですか。

弥生犬　で、スタンプをスタンプで返す？

縄文猫　そっちの方が、文章よりも気分を伝えたって感じになるんじゃないのかなぁ。今の自分の気持ちにぴったりのスタンプを見つけて、それを送った方が嘘がないんですよ。ありがとうとか、あまりにも使われすぎているコトバは、もう機能していないのと同じなんです。だったら、ありがとうを意味するスタンプの方が、私らしいと思ってるんじゃないのかなぁ。

弥生犬　スタンプって買うんでしょう？　選んでるだけじゃないですか。

縄文猫　でも、ものすごい数の中からわざわざ選んだのよ、私のセンスで、ってことじゃないですか？

弥生犬　コミュニケーションは、すでに文字ではなくなってるってこと？

縄文猫　そうですよ。Ｉｎｓｔａｇｒａｍらしいですよ。

弥生犬　なんですか、それ。

縄文猫　文字じゃなくて写真です。写真をみんなとシェアするそうです。

弥生犬　よくわからないなぁ。それで伝わるの？　伝えたいことが、ちゃんと。

縄文猫　だから、伝えたいことなんて、ないんじゃないですか？

弥生犬　ないの?

縄文猫　焼き立てのトーストの写真をInstagramに上げた人は、トーストというものは、こういう形態をしていますと、人に教えるために上げているわけじゃないと思うんですよね。トーストのことは、すでに世界のほとんどの人が知ってるんだから。そうじゃなくて、トーストを見た時の気持ちを共有したいんじゃないかな。

弥生犬　いや、だって、送った人と受け取った人が、全く同じ気持ちにはならないでしょう。なったかどうか確認のしようもないし。

縄文猫　だから、なったつもりになるんじゃないかな。いいね、をもらったから、私と同じ気持ちの人とつながった。ワーイって感じ?

弥生犬　いいね、だけでつながった気分になるんだ。

縄文猫　実質はつながっていませんよ。それぞれ違うことを感じているはずですから。でもつながった気分は味わえるわけです。それが本当かどうかなんて、どうでもいいってことなんじゃないですか?

弥生犬　文章ではなくて、なんで写真なんだろう。

縄文猫　たぶん、コトバは消費しつくされてしまったんでしょうね。CMとか、政治家の演説とかを考えても、信用できるコトバを、私たちはもう持ってないんじゃないかな。その点、映像は情報量が多いですから。写真に写っているものって、検索すれば、どこのブランドのものかとかがすぐにわかるわけですよ。トーストをのせてる皿やジャムの瓶とか。そこからいろいろなことが推測できるし、意外性も見つけられるんじゃないかな。

弥生犬　若者の貧困を取り上げたテレビ番組で、そこに映っていた部屋にある物がリッチすぎると、ネットで問題になりましたね。

縄文猫　映像を見る能力が、昔と比べると段違いに高くなっているんですよ。

弥生犬　昔、「FOCUS」という写真週刊誌が出た時、すごい雑誌が出たと大騒ぎしたよね。写真は真実だという思い込みが強かったから。でも、よく考えると本当にそうかなと。

縄文猫　写真って、切り取られた時点で、人の手が入ってるってことだから、完全な真実とは言えないよね。肝心なものが隠れてる場合もあるし、誰かにとって都合のよい瞬間を切り取ったものであるかもしれない。そのことを曖昧にしたままＩｎｓｔａｇｒａｍが主流になってゆくと、取り返しのつかない誤解が起きそうな気がするんですけどね。

弥生犬　ＳＮＳは、つながってる気分を味わうためだけのものと割り切った使い方をした方がいいような気がする。

縄文猫　そうそう。そのネットの中に、全てがあると思うのは大間違いだと思う。

縄文猫　ネットの中にまだないものをつくるのが、我々の仕事ですからね。

弥生犬　我々に限らず、仕事というのは、すべからくまだこの世にないものをつくり出してゆくことだと思うんですけどね。

物語は違和感から生まれる

――「(時代劇の真似) あれー、たすけてぇ。オオゴエで叫ぶと必ずたすけに来てくれます。
それがニンゲンのルールです」
『Q10』1話

弥生犬　ひょんなことから外国の人と知り合いになったのですが、岩津ネギがおいしいとか話題にしたりして、ちょっと面白いです。

縄文猫　みかけによらず、弥生犬さんは語学が堪能なんですね。

弥生犬　ハクシオーンクシャミ・フランセーズ。

縄文猫　懐かしいッ！　フランキー堺のギャグだ。なんて知ってる人は希少だと思いますが。

弥生犬　ボクは語学はダメ。相手の方は十数年も日本で暮らしているのでぺらぺらなんです。まぁ、会話と言っても
「私は日本人の奥さんやってま〜す」
「ボクも結婚してます」
「誰でも結婚しま〜す」

縄文猫 といった、他愛のないもんです。その人は話す方はすごく達者なのに、書くのは難しいと言ってました。そして、日本語の出てくる夢はみないそうです。鴻巣友季子さんが書いてますよ。「母（国）語と使用言語、さらに『自分がアイデンティティを見いだす言語』の間にまったく分裂がないことは、世界的に見ればむしろ希有なことなのだ。日本は人種、民族、文化、言語が長いことほぼイコールで結ばれてきた」（『本の寄り道』河出書房新社）

弥生犬 ボクの実感で不思議なのは、自身が使う関西弁を文章にしたもの、たとえば小学生の頃そんな作文を書く子供がいたものですが、そういうものを読むとなぜか居心地が悪くて、いたたまれないような感情がわいてくる。だから、野坂昭如《あきゆき》の登場はとても衝撃でした。

縄文猫 あの文体は、織田作之助とか西鶴、義太夫、説経節なんかの、古い古い関西弁が元ですよね。私も関西弁の文章はいたたまれないと感じてしまうけれど、田辺聖子は例外だったなぁ。あと、柴崎友香さんが出てきた時もそう。生活する人が使う関西弁だったから。関西弁ってパターン化されているんですよね。暴力的な場面に出てくる「われ、しばいたろか」みたいなものとか、後はお笑いとか、商売人特有の言葉。最近は商店街のおばちゃんのしゃべくりとか。そんなのが典型的な関西弁です、みたいに思われてるけれど、自分が使っている言葉とは違うので、そこがいたたまれなかった。

弥生犬　雑誌の取材なんかだと、我々のことを、関西の飾らない夫婦、みたいに書きたいらしくて、そういうパターン化された関西弁をしゃべってる体《てい》にしたゲラを送ってくる人も、いますね。

縄文猫　もうがっかりですよ。何時間もしゃべってるのに、向こうは予めつくってきた型にはめてるだけなんですから。

弥生犬　自分たちが言葉を操っていると思っていたのに、反対に私たちの方が言葉に振り回されているんじゃないかと、最近思いますね。

縄文猫　弥生犬さんが勧める本を読んでいて、私もそう思った。『ヴァーチャル日本語　役割語の謎』(金水敏著、岩波書店)では次のように定義してますよね。「ある特定の言葉づかい(語彙・語法・言い回し・イントネーション等)を聞くと特定の人物像(年齢、性別、職業、階層、時代、容姿・風貌、性格等)を思い浮かべることができるとき、あるいはある特定の人物像を提示されると、その人物がいかにも使用しそうな言葉づかいを思い浮かべることができるとき、その言葉づかいを『役割語』と呼ぶ」

弥生犬　これは我々の商売である、脚本を書く時にも、いつも考えさせられる。

縄文猫　パターンでわかりやすいので、説明するのに使ってしまうからね。田舎の爺さんのセリフには「〜じゃ」とかね。ついやってしまうんですが。

弥生犬　まさに「役割語」。でも、使いすぎるとリアリティのない、泥臭いドラマになってしまう。

縄文猫 型にはまったものを見せられても、感動しないもんね。

弥生犬 ボクは、リービ英雄さんの文章に感動しましたよ。ちょっと長いんですが、いいですか？　「英語はヨーロッパの言葉で、ヨーロッパの内部で生まれたアルファベットで綴られる。ハングルは韓国語という母国語を表記するために、世宗《せいそう》大王が言語学者たちに人工的につくらせた文字だ。／ハングルを書きたいと思ったことは一度もない。ハングルを書くこととアルファベットを書くことはほとんど変わらないとぼくは思う。ところが、日本語を書くということは、書く人の国籍が何であろうと、その屈折の歴史にみずから参加することを意味している。書くのは現代の日本語であっても、その背後には『万葉集』や『源氏物語』の時代から続くズレとしての言葉の伝統がある。／ぼくは、日本語の歴史の一部になりたかった。英語でも書ける内容を日本語で書くのではなく、日本語を書きたい、日本語をつくりたい、と思った。日本語を書くことに、ぼくはほとんど一つのエロスを感じるのである」（『日本語を書く部屋』岩波現代文庫）

縄文猫 目からウロコですね。別の言語体系を知っているということが、いろんな発見につながっているんでしょうか。

弥生犬 たぶん、それが大きなヒントになるのだろうと思います。この『日本語を書く部屋』の解説を書いている多和田葉子さんが、よい例ではないでしょうか。

縄文猫　多和田さんが最初に出した書物は左側から開くとドイツ語タイトルで始まり、右側から開くと日本語タイトルになっているそうですね。

弥生犬　彼女はドイツの書籍輸出会社に研修社員として働きにいくのだけれど、いつしか「ドイツ語がぺらぺらになりたいというのではなく、何かふたつの言語の間に存在する〈溝〉のようなものを発見して、その溝の中に暮らしてみたいと漠然と思」うようになったそうです（多和田葉子『犬婿入り』の与那覇恵子の解説より、講談社文庫）。

縄文猫　〈溝〉かぁ。多和田さんが言っているのと、少し違うかもしれないけれど、関西圏に住んでいる我々が東京の仕事をしているわけで、私もそこに〈溝〉みたいなものを感じる。うまく言えないですが、その〈溝〉の中で作品をつくっているような気がしますね。我々の作品は、東京的なものでもないし、関西的なものでもないでしょう？

弥生犬　ずれたところでフィクションは生まれるのかな。

縄文猫　違和感とかね。そういうのは大事にした方がいいかもしれませんよね。

寅さんのアリア

――「たとえばだ。仕事で疲れ、さむーくて、くらーい夜道をとぼとぼ帰ってくる。ポッと、わが家の明かりがにじんで見える。まず、あったかい風呂だ。じーんとつかる。(中略)これ以上の幸せがあるかぁ?」

『くらげが眠るまで』11話

弥生犬　冒頭の引用は、『男はつらいよ』シリーズに必ず出てくる、寅さんのアリアのつもりで、我々が書いたものです。渥美清という人の武器は、天性の美声と口跡《こうせき》のよさ、メリハリのきいた見事な節回し。それらをフルに活用したのが、寅さんが恋や幸福について語るシーンです。あの独特の一人語りは、「寅さんのアリア」と呼ばれているみたいですよ。

縄文猫　寅さんの独壇場ですね。どんなのがあるんですか?

弥生犬　「あー、いい女だなあ、と思う。その次には、話してみてえなあ、と思う。話しているうちに今度は、いつまでもそうやっていてえなあ、と思う。その人の傍にいるだけで、なにか、こう、気持がやわらかーくなって、あー、この人を幸せにしてあげたいなあ、と思う。この人の幸せのためなら俺はどうなったっていい、死んだっていい、とそんなふうに思うようになる。それが、愛よ。違うかい」（第16作『男はつらいよ　葛飾立志篇』より『男はつらいよ6』立風書房）

縄文猫　思い詰める人ですねぇ。一歩間違えるとストーカー気質と間違えられそうだなぁ。

弥生犬　それは大丈夫。寅さんは国民的スターだけあって、実にさっぱりしています。次のようなセリフがその証左です。「日本の男はそんなこと言わないよ。（中略）何も言わない、眼で言うね、お前のことを愛してるよ。すると向こうも眼で答える、悪いけどあなた好きじゃないの。するとこっちも眼で答える。分かりました、それじゃいつまでもお幸せに。そして背中を向けて黙って去るな――それが日本の男のやり方よ」（第24作『男はつらいよ　寅次郎春の夢』より『男はつらいよ8』立風書房）

縄文猫　さっきから聞いていたら、むら雲のように違和感を感じるんですが。

弥生犬　と言うと？

縄文猫　寅さんはなぜ、そんなにも幸福にこだわるんですか？

弥生犬　天性の美声、見事な語り芸、二枚目的な条件がそろっているのに、なぜか爆笑を誘ってしまう。

縄文猫　いやぁ、だって、大真面目な表情なのにあの顔だもの。

弥生犬　そう。二枚目の条件がそろっているのに、あの容貌で、そのちぐはぐさで笑ってしま

縄文猫 うんですね、我々は。

弥生犬 昔、映画館で『砂の器』を見てたら、渥美清さんが映画館の支配人役で出てきたんですよ。いきなりアップで。そしたら、館内が大爆笑。全然笑うシーンじゃないのに、みんなゲラゲラ笑ってるんです。すごいですよね、顔だけで笑わせるって。

縄文猫 珍妙な恰好や衣装で絶叫したり、裸になったりする笑いとは対極です。

弥生犬 幸福について大真面目に語っているのに笑わせる、というのも独特なやり方ですよね。

縄文猫 寅さんが幸福にこだわるのは、解答が多種多様にあるからじゃないですか。

弥生犬 弥生犬さんが買ってきた『世界幸福度ランキング上位13カ国を旅してわかったこと』（マイケ・ファン・デン・ボーム著、畔上司訳、集英社インターナショナル）を読んでみると、幸せには、普遍的な答えなどない、ということがよくわかります。

縄文猫 そこに映画の製作者は目をつけたんじゃないですか。ネタがなくならないというか。年がら年中恋をして幸福を語るキャラクターは、いわば発明だと思うなぁ。

弥生犬 誰でもわかっていそうなのに、誰も明確な答えを出せないのが、幸福なのかもしれませんね。

縄文猫 コトバにするのが難しいんじゃないかな。

弥生犬 「ナーズ」って知ってます?

縄文猫 「ナーズ」? どこのコトバです。

縄文猫　ウルドゥー語らしいですよ。『翻訳できない世界のことば』（エラ・フランシス・サンダース著、前田まゆみ訳、創元社）によると「ナーズ」というのは、「だれかに無条件に愛されることによって生まれてくる、自信と心の安定」という意味なんですって。

弥生犬　そんなに複雑な意味を持つコトバが、「ナーズ」なんですか。

縄文猫　まぁ、私たちのコトバだと、「たゆたゆしてる」かな。

弥生犬　我々夫婦は、独自のヘンなコトバをよく使ってますからね。

縄文猫　ドサゴロとかね。「たくさん」っていう意味なんだけど、それよりもっと多いイメージかな。時々、みんなも使ってると思って小説に書いて、木皿さん、こんなコトバありませんよって言われる。

弥生犬　乱れてますね、うちの言語は。

縄文猫　でも独自のコトバの遣い方が、お金になるんですよ。

弥生犬　やらしい言い方をするなぁ。まぁ、たしかにそうですが。ボクが感心したのは、『たとえる技術』（せきしろ著、文響社）に載っていた〈ありがたさ〉のたとえで、「謙信から送られてきたお風呂に入れて楽しむ塩のようにありがたい」というやつ。

縄文猫　寅さんが、長旅から帰って来て、疲れを取るために入る風呂は、そんな感じかもしれませんね。それにしても、何で寅さんは、あんなに毎回失恋してたんでしょうね。

弥生犬　『カフカはなぜ自殺しなかったのか？——弱いからこそわかること』（頭木弘樹著、春秋社）

縄文猫　というのは読みましたか？

弥生犬　いや読んでないです。なぜ自殺しなかったのか？という問いは変わってますね。

縄文猫　寅さんとカフカは、似ているところがあるんです。

弥生犬　えーッ、カフカと？(絶句)

縄文猫　日記や手紙によってわかることは、カフカは失恋すると筆が進んでるんです。つまり、別れが書く力を与えてくれるのです。「情緒不安定が想像力を高めるとしたら、恋の始まりのときだけでなく、失恋もまた大いに情緒不安定になります。カフカだけでなく、ゲーテも失恋の後に名作を書いています」(『カフカはなぜ自殺しなかったのか?』)

弥生犬　失恋したら、いろいろ考えますもんね。行く先のこととか。

縄文猫　「生きて、誰かとつながり、子供をつくって未来ともつながる。死んで、そこですべてを終わりにする。どちらにも誘惑があり、恐怖があります。カフカだけでなく、多くの人がその間を揺れ動いているのかもしれません」(『カフカはなぜ自殺しなかったのか?』)

弥生犬　あんな、のんきそうな顔をした寅さんも、そんなことを考えていたんですかね。

縄文猫　考えていたんでしょうね。

待つこと待たれること

——「じゃあ、こうして岩井さんの家まで付き合ってる私も損するの?」
「もう、してるじゃないですか。私のために時間と労力」
『昨夜のカレー、明日のパン』(河出書房新社)

弥生犬　人生で取り返しのつかない遅刻って、ありましたか?

縄文猫　遅刻っていうか、私が芝居のチケットを三人分持っていて、友だちと劇場の前で約束してたのに、私、日を間違えて行かなかったんですよ。そしたら、芝居が始まる直前に家に電話がかかってきて、「えーッ! 今日なの?」というのはありました。友だちには当日券を買ってもらって、結局、私は観なかったんです。井上ひさしの「国語事件殺人辞典」。

弥生犬　ボクは待った方の記録なら七時間。昼からずっと、待てど暮らせどやって来ないので、しかたがないから、その人の家まで行って、そこで待たせてもらいました。

縄文猫　緊急の用事だったんですか。

弥生犬　いや、特に用事はなかったんだけど、待ってるうちに意地になってきて。昔は時間がたくさんあったから。

縄文猫　我々が若い頃は、顔見知りが集まると、テーマもなく結論もなく、だらだら延々と話してましたよね。みんな、時間は永遠に続くと思ってた。

弥生犬　今じゃあり得ない話だなぁ。落語の世界ですね。「町内の若い衆がそろいますとぉ」みたいな。

縄文猫　文化文政時代でゲス。

弥生犬　つまり、我々の時代は急激な近代化の荒波を、もろに受けたわけだ。

縄文猫　いや、そう思いがちですが、そうでもないみたいですよ。『遅刻の誕生——近代日本における時間意識の形成』（橋本毅彦・栗山茂久編著、三元社）という本によると、『「タイム・イズ・マネー」』の創作者はだれなのか。経済史研究家のヴェルナー・ゾンバルトがはやくも一世紀前に、アメリカ創立の祖のひとりであるベンジャミン・フランクリン（一七〇六〜一七九〇）を指名した。また、ほぼ同時期に、マックス・ヴェーバーの名著『プロテスタンティズムの倫理と資本主義の精神』は、『タイム・イズ・マネー』から始まるフランクリンの『若き職人への忠告』（一七四八）のアドバイスを引用し、それを近代資本主義のエトス——とくにその勤労の精神——の代表的表現として注目した」つまり、一八世紀にはすでに「時は金なり」という考え方は生まれていたというわけです。

弥生犬　時間イコールお金、という考え方はそんな昔からあるんですか。

縄文猫　お金と時間って似てますからね。ある意味、公平な物差しですよ。本当ならわかりにくいものに、どれぐらいの価値があるか瞬時に教えてくれますからね、数字という形で。時間もそうじゃないですか。まだ三十歳だからローンが組めるとか、一日欠勤したから給料が一万円減ったとか。

弥生犬　なるほど、時間はお金、お金は時間なんだ。でも、最近、ちょっと時間の方が価値が上がっていると思いません？

縄文猫　それわかる。サイン会に来てくれたファンの人が、バッジとかバッグとかつくって持ってきてくれたんだけど、その中にね、間違ってメモが入っていたんですよ。三日までにバッグ作りとか、ホテルの宿泊費とか、夜行バスの時間とか。サイン会に向けてのお金と時間のやりくりが、そのメモに書かれていたわけ。ホテルや交通費を極力抑えてて、私にはそれがお金じゃなくて時間に見えるわけです。その人の労働時間に。サイン会に来るだけのために、ものすごく時間をかけてくれてるんだということがわかって、申し訳ないというか、お金もらうより、なんかすごいものをもらったなぁと思ったんですよね。

弥生犬　「時は金なり」の価値観は、今、スイーツの世界にあるんじゃないですか。高いから価値があるというより、待ったから価値があるという。

縄文猫　そういや、こないだ、人気のクッキーを予約しようと思ったら、年内は無理ですって言われました。私は一年も待てないんで断りましたが。

弥生犬　我々も相当待たしてますよ。仕事をせず、平気で何年も待たせたりしてます。

縄文猫　そう。だから、待ちに待って原稿をもらった人は、ものすごく価値があると思い込んでくれるみたい。詐欺師だよね、私たち。

弥生犬　どっちが辛いんでしょうね。待つ方と待たせる方と。

縄文猫　それ、太宰治のセリフだ。旅館で豪遊して、お金がないから檀一雄を人質に残して、オレ、金の算段してくるって太宰が一人出て行って、でも全然帰って来なくて、つけを回収したい居酒屋の店主と檀一雄が探しに行ったら、太宰は井伏鱒二と将棋をしていたという。檀一雄が、それはないだろうと詰め寄ったら、「待つ身が辛いかね、待たせる身が辛いかね」と言ったという。

弥生犬　待つ方は、なす術《すべ》がないからなぁ。ただ信じるだけだから。

縄文猫　でもね、その信じてくれてるっていうのがあるから、こっちも何とかしようと思うんですよね。私なんて、待ってくれる人がいなかったら、きっと何も書かないと思う。だって、私、自分がやりたいことなんて、全くわかりませんからね。待ってくれてる人に、こんなんしか出来ませんでしたけど、いいですか？みたいな感じで書き続けられているだけで。

弥生犬　そんなようなことが、鷲田清一さんの『大事なものは見えにくい』(角川ソフィア文庫)に書いてありますよ。
「強要するのではなく相手がみずから気づくのを待つひとたちと、じぶんがだれかから何かを期待されていることにあるときふと気づいたひとたちとの、静かな共同体である。(中略)そのように強要としてではなく静かなうながしとして満ちている社会、それこそがほんとうに品位のある社会ではないかと思うのだ。／待たれる身としてみずからを受けとめなおすところ、そこからしかこうした社会は見えてこないようにおもう」
縄文猫　たしかに、待つのも待たれるのも、相手がいてこそですものね。
弥生犬　時間イコールお金とは違う価値観が、もしかしたら、あるのかもしれませんね。
縄文猫　丸い地球の水平線に、誰かがきっと待っているんですね。
弥生犬　『ひょっこりひょうたん島』の主題歌ですか。
縄文猫　今回は、井上ひさしで始まり、井上ひさしで終わりましたね。
弥生犬　そりゃあ、ここは井上ひさし先生でしょう。原稿を大いに待たせた、尊敬すべき大先輩ですからね。

生きる力を与えてくれるもの

――「うん――でも実は、まだ手放せないものがあって。（ナスミ、ポケットに手を突っ込んで、にぎったままの拳《こぶし》を見せる）これだけが、まだ捨てられないんだよね。（手を開くと、名札。幼稚園の時のもの、小学生の時のもの、居酒屋の時のもの、等々）」

『富士ファミリー2017』

弥生犬　しょせん、ボクの人生なんてウエハースのようなものです。個人の体験などたいしたものじゃないし。

縄文猫　いきなり何ですか。うすっぺらだとおっしゃりたい？

弥生犬　そう、その通り。

縄文猫　ネガティブだなぁ。なんで、そんなふうに思うんです？

弥生犬　ネタ不足です。物書きなのに、ネタが浮かばない。自分の人生を井戸にたとえるなら、いくら掘ってももう石油にあたるわけもなく、温泉にぶちあたることもないようです。

縄文猫　そもそも井戸って何ですか？

弥生犬　自分の心の中のことです。池をかい掘りする番組が人気じゃないですか。すると、魚はもちろんですが、思いもよらないものが出てきたりするでしょう。ボクのアイデアは、そんなふうに出てくるんです。

縄文猫　えっ、毎回、かい掘りしてるんですか？　それは大変だなぁ。

弥生犬　縄文猫さんは違うんですか？

縄文猫　私は、空から降ってくるという感じかな。まぁ、うちは弥生犬さんが入力担当で、資料を集めたりテーマを決めたりしてますから大変は大変だよね。私は出力担当で書くだけだから、あんまり考えない。風まかせ。腕が勝手に書いてくれる。

弥生犬　ネタのことだけでなく、ボクも六五歳になったわけだし、ここらで考えねばならぬと思うわけです。「我々はどこから来たのか　我々は何者か　我々はどこへ行くのか」

縄文猫　それは、ゴーギャンの有名な絵の題名ですね。自分のことを、改めて見つめなおすってことですか？

弥生犬　ボクは案外、家族の影響を受けているのかなぁと思うわけです。家族の無意識とでも言うべきものかな。正しい学術用語でどう言うのかは知りませんが、そういうのを知りたいのです。

縄文猫　なるほど、家族かぁ。

弥生犬　ボクの家族は両親、祖父母、親戚の叔母さんと、大人五人に子供のボクが一人という構成でした。

縄文猫　いいなぁ。一人っ子だし、それは大切にされたでしょう？

弥生犬　いやそれが、生まれた時から、監視されているようなものでしたよ。

縄文猫　弥生犬さんは四歳の時からポリオで左足が動かなかったから、家族は特に気をつかったんでしょうね。

弥生犬　祖母がボクを病院とかマッサージとか、あらゆるところへ連れてゆくわけです。最後は祈祷師みたいなところまで。父親はそれを見て、暗い顔をしてましたね。

縄文猫　でも弥生犬さんの面白いところは、二面性にあると思いますよ。底抜けに明るくて強気なのに、一方では慎重でくよくよするところがある。

弥生犬　それは、家族がボクによけいな期待を持たせないよう、先回りして諦めさせるようにしてきたからじゃないかな。

縄文猫　社会学者の鈴木謙介という人が、人生相談の本の中でこんなふうに書いてます。「親が子どもの行き先を設計するのが理想のエリート教育だみたいな風潮もあるから誤解されがちなんだけど、子どもと一緒に親も成長するのが一番いいんじゃないかなあ。社会学の中では『親』っていうのもあまたある社会関係の中で求められる『役割』のひとつとして考えるんだけど、それゆえに生きていく上で『学習』されたり、あるいは状況に合わせてその中身をアップデートさせたりしなくてはいけない。『親であること』は自動的に可能にはならないからこそ、お子さんとの成長が楽しいんだよね」

（『チャーリー式100Q／100A――「悩み方」を考える　超・人生相談』ランダムハウス講談社）

親は自動的に親になれない。まさにその通りなんですよね。

弥生犬　そういや、先日、縄文猫さんはお義母さんと大ゲンカしてましたね。

縄文猫　原因は、私がエッセイで、母親が家の恥だと思っていることを書いたこと。作家になったのは私の努力によるもので、あんたは何の関係もないんだから、私の仕事に口出しするなというのが私の言い分。今の私があるのは、親の日々の努力の積み重ねだということとは間違いないです。でもね、だからといって親の価値観を引き継いでゆく義務はないわけです。こんなことを書いたら非常識な人間だと思われて、あんたが損をするとか言うんです。つまり母親は、リスクを恐れているんですよ。でも作家なんて、リスクに立ち向かうことで他の人と違う表現ができるわけじゃないですか。

弥生犬　ケンカの一部始終を別室で聞いてましたが、縄文猫さんは口が悪すぎますよ。あれじゃあ、ケンカになる。ボクが後で、「お義母さん、悪口も書かないと誰も読んでくれないんですよ。お義母さんも週刊誌のゴシップが好きでしょう。文章を売るのは大変なんです」と言ったら、あんたらの商売ならしょうがないなぁと言ってましたよ。

縄文猫　そうか、そういう言い方をしたらケンカにならずにすんだのか。

弥生犬　お義母さんの性格がどうのこうのと言いだすとキリがない。親という役割をどうとらえているかという問題なんじゃないでしょうか。

縄文猫　世間が、失敗するな、完全であれと要求してくる中、親までそれと同じプレッシャーをかけると、子供に逃げ場がなくなるじゃないですか。それでお互いが傷つけ合うしかないような関係になってしまうとしたら悲しいなぁ。

弥生犬　みんな誤解してるんですよ。子供が生きてゆく上で力を与えるのは、誰から見ても立派な親だったと思われることじゃないのに。

縄文猫　一緒に夕焼けを見たとか、おでんの味は薄かったとか、洗濯物の畳み方とか、そんな暮らしの断片というか、コトバにできないものを共有しているのが家族で、そのことが生きる力を与えてくれると思うんですけどね。設計図通りにできた人間より、「こんなんできました」の方が絶対に面白いと思う。

弥生犬　縄文猫さん、いいこと言うなぁ。あっ、もしかしてボクは縄文猫さんの影響を一番受けているのかも。

縄文猫　昔、洗濯物を弥生犬さんが私と同じやり方で畳んでいるのを見て、きゅんっとなったなぁ。やっぱり家族なんだなぁって。

弥生犬　え？　ボクたち家族なんですか？

縄文猫　また聞きますか。夫婦だから家族ですよ。私のこと何だと思っていたんですか。

弥生犬　スナックのチーママ。

日記の人、手紙の人

――「いつでも会えると思っているうちに理由もなく遠ざかってしまうというのは、私達の世代ではよくあった話なんだけど、今の若い人達には、あり得ない話なんですよ。（中略）みんな、ケータイを持ってるから、その気になればすぐに連絡が取れるんです。（中略）連絡をしないというのは、あなたとの関係を切りたい、というメッセージなんです」

『二度寝で番茶』（双葉社）

弥生犬　捕物帳《とりものちょう》はお好きですか。

縄文猫　なんとも、唐突な質問から入りますね。

弥生犬　つらつら考えるに、捕物帳こそが、ボクの最高の読書体験だったということに、この間気づいたんです。山本夏彦さんと山本七平さんの対談集で。

縄文猫　うわッ、強力な二人ですね。

弥生犬　ボクは頑固ジイさんが好きなんです。鎌田東二さんの「翁童論《おうどうろん》」シリーズによれば、年老いた男と子供とはセンスがあうんだそうです。

縄文猫　じゃあ、その間にはさまれた父親世代は、どちらともあわない、ということですか。

弥生犬　そう、文化的センスがあわない。

縄文猫　そういえば、弥生犬さんは豆腐や魚が好きなのに、お父さんは肉好きですもんね。私たちの親世代は、欧米のものが好きなんですよ。プラスチック製品とか。私なんかは、そういうのはダサいと思うんだけど、一周回って若い人たちは、昭和の頃の花柄のホーロー鍋とかポットとかが可愛いって言いますもんね。

弥生犬　対談集で山本夏彦さんは次のように言ってます。「僕はテレビは『銭形平次』しか見ないんだけど(笑)、平次はヨーギシャなんて、字を見なければわからない言葉は使わない。ホーティ(法廷)なんて言わない。お尋ねもの、お白州《しらす》って言います。犯罪人はとが人、罪とがのとがです。縄つきなんていい言葉じゃありませんか。平次のボキャブラリーで今でもたいていの話はできると思ってますよ」(『夏彦・七平の「十八番づくし」——懐かし・可笑し、毒舌対談 復刻版』産経新聞出版)

縄文猫　うちのワープロも相当古いから、平次的かもしれない。「ユカイハン」は「愉快犯」じゃなくて「愉快班」って出てくる。なんか楽しそうなの。でも、「お白州」は一発で出てきてくれる。

弥生犬　同じ対談集の中で、土地成金が競い合って建てるゴーカな家のことをたとえて、「芳流閣みたいな楼閣」と言っているんです。思わず笑っちゃいました。

縄文猫　「芳流閣」って何ですか？

弥生犬　『南総里見八犬伝』の中で、犬飼現八と犬塚信乃が決闘する大屋根のある櫓《やぐら》のことです。

縄文猫　それは、今の人にはわからないだろうなぁ。今なら、シンデレラ城とか言うのかな。

弥生犬　父親を飛び越えて、祖父世代の教養に憧れるのが、ボクら世代の特徴です。冒頭に引用したケータイ世代とは対極の超アナログのコミュニケーションの方が性にあっている。それを今回のテーマにしました。

縄文猫　長い前振りですね。で、今回のテーマは何なんですか？

弥生犬　日記の人、手紙の人です。文学者や思想家の中で日記や手紙をたくさん残している人のことを、日記の人、手紙の人と呼ぶんだそうです。日記の人はカフカ、手紙の人はベンヤミンが有名です。ちなみに、『カフカはなぜ自殺しなかったのか？』（頭木弘樹著、春秋社）という本を前に取り上げましたが、なぜ自殺したかではなく、なぜしなかったのか、というのが本になるような人物の日記ですから興味深いです。作品より、日記の方が面白いと言うカフカの訳者もいますからね。

縄文猫　じゃあ、さっきの話でいうと、親の世代をひとつ飛び越した上の世代の日記なんかが、我々にはあうんじゃないですか？

弥生犬　よく聞いてくれました。なんといっても、永井荷風の『断腸亭日乗』じゃないでしょうか。長くなるので引用しませんが、かっこよさはピカイチです。荒川洋治さんの

縄文猫　『日記をつける』（岩波現代文庫）によると、幸田文さんなどは日記がそのままエッセイに転化しているそうで、たとえばある日ゴミを見たら、そもそも「ごみとはいつたい何だらう。本来のごみといふものはない。かつてはみな何かであつたものである」からはじまる随筆を書いてしまうんだそうですよ。

弥生犬　私たちも「カゲロボ日記」というのを、新潮社の「波」でやってましたけど、そこまではなかなか。起こったことを書くのが精一杯でした。

縄文猫　縄文猫さんは日記をつけませんからね。

弥生犬　一ヵ月に一度、思い出してガーッと書き出すという感じでした。でも、書いているうちにいろいろ思い出して、面白かったなぁ。思い出さなかったら、そのまま消えていってしまうような、どうでもいいことばっかりでしたが。

そのことも荒川さんは書かれてますよ。「幸田文のエッセイに感じることは、どんなものにも興味をもつということだろう。そしてときには『興味をもつ』ということはいったい何だろう、というような問いかけそのものにも興味を持つのである。／これはものごとが、いったん〈ことば〉になるということである。「興味をもつ」ということそのものがひとつの〈ことば〉に変わるのだ。ものごとだけでは、じきに沈んでしまう。〈ことば〉になることで、文章は羽根をつける。四方に飛び散っていくのだ。思考もひろいところへ出ていくのだ。読む人をうるおすものになるのだ」

縄文猫　いいこと言う人だなぁ。ほんとにそうですよね。みんな、そういう芽みたいなのは、それぞれ持っているんだけど、やることが多すぎるから、出かかったものもスッと引っ込んじゃうんですよね。

弥生犬　今の人は、興味を持つと、すぐスマホで検索をかけるじゃないですか。だから、いろんなものに興味は持っているんだと思いますよ。

縄文猫　でも、横に広がってゆくんですね、興味が。調べたらそれに関連するものに興味を持って、それをまた検索するっていうふうに。絶対、縦方向には進んでゆかない、つまり深くおりてゆけない。スマホでは。

弥生犬　なぜ自分はここに興味を持ったのか、ということは解明されないままですからね。

縄文猫　インプットが多すぎるんですよ。たまにはアウトプットもしないとね。

弥生犬　そうそう。ためたことは、みんなで使える形にしましょうよ。

縄文猫　〈ことば〉にして、シェアしようぜ、シェア。

ぱくりぱくられ

――「明日は違うことを思っているかもしれないけれど――
――でも今日は言える。
大川さち子さん。ボクはキミが大好きです」

『ぼくのスカート』

縄文猫　冒頭の引用は、私のデビュー作と言われているラジオドラマ『ぼくのスカート』の最後のモノローグですね。本当のデビューはNHK名古屋で放送されたラジオドラマ『け・へら・へら』なのですが。

弥生犬　ボクは縄文猫さんに会うより先に、この『ぼくのスカート』の脚本を読んで、うまいなぁと思ったんですよね。社会学の要素がうまく取り込んであってね。

縄文猫　当時はアカデミックな本がバカ売れしていたんですよ。中沢新一『チベットのモーツァルト』(せりか書房)とか浅田彰『構造と力』(勁草書房)とか。弥生犬さん、雑誌「広告批評」とか読んでませんでした?

弥生犬　読んでましたねぇ。縄文猫さんとはまだ会っていなかったけれど、そのあたりの読書傾向はボクと重なっていますよね。
縄文猫　そうそう。阪神間を平行して走ってる私鉄とJRが「三宮駅」できゅっとひっついて、また離れてそれぞれのレールを走ってゆくみたいなね。
弥生犬　八〇年代は、ボクらの「三宮」期ですね。
縄文猫　山口昌男とか吉本隆明とか橋本治とか。私と弥生犬さんの本は重なってるんですよ。山口昌男の『道化の民俗学』（新潮社）もうちには二冊ある。脚本を書いている人たちは、まだ社会学みたいなものに手をつけていなかったから、それをうまく取り入れたら脚本家になれるチャンスはあるかなと思ったんですよね。
弥生犬　山田太一はすでに使ってました。
縄文猫　『想い出づくり』とかそうですもんねぇ。でも対談した時の余談ではご本人は否定されてましたね。現代思想とか社会学を参考にされてるんですかって聞いたけど、してないってきっぱりと。
弥生犬　それは嘘ですね。ものすごく読んでるはずです。
縄文猫　ですよねぇ。相当勉強してますよね。
弥生犬　ボクたち正直に言いすぎなんですよ。
縄文猫　だって、このエッセイのタイトルは「ぱくりぱくられし」ですよ。正直に言いましょうよ。私はギャグをつくるのに『ヘンタイよいこ新聞』（糸井重里責任編集、パルコ出版）からずいぶんぱくらせていただきました。

弥生犬　それはまた古い本ですね。

縄文猫　読者の投稿記事を集めた本なんですが、十円玉のリボンがかわいいとか、フツーの生活の中の発見みたいなのにハッとさせられるんですよね、今読んでも。

弥生犬　縄文猫さんが、もっとぱくってる本、あるじゃないですか。

縄文猫　あれは秘密です。すごくせこい本ですよね。せこすぎて、もうどこにも売ってないでしょうねぇ。わら半紙のフロクみたいな本。

弥生犬　そんなのが一番使える本なんですよねぇ、我々のような商売には。ぱくりもしましたが、ぱくられもしましたよね。

縄文猫　裁判までしましたからね、私は。ぱくられたって。

弥生犬　冒頭で紹介した『ぼくのスカート』事件ね。

縄文猫　著作権法の解説書にも載っているからか、今でもネットで検索したら裁判の判決文が出てくるんじゃないかな。数十カ所も類似してるんですね。話の構成から小道具、セリフにいたるまで。それを向こうは全て偶然だと言い張るんです。裁判官から和解を求められたんだけどイヤって言ったんですよ。そしたら、もう一度呼び出されて、今度は年配の裁判長が出て来て、お願いしますって言うから、いやこれはうちの商売がかかってる話なんです。もし、こんなのがOKだと言うのなら、私は今後ばんばんぱくりまくりますから、どうぞ判決を出して下さいって言ったんですね。結局、こちらの請求は却下されたんですが。

「一方の作品に接したときに他方の作品の存在を思い浮かべうるといった程度では、翻案したものということはできない」というのが判決文なんだけど、私らの世界では別の作品を思い浮かべてしまうようなものを書いたら即アウトなんですよね。

弥生犬　それなら、中国がキャラクターをぱくっているのも許容範囲ということですね。

縄文猫　まっ、裁判長は、「両作品に接する者の中には、いずれか一方の作品に接したときに他方の作品の存在を思い浮かべる者がいるかもしれない」と認めてはくれているんですけどね。裁判長は私が一審でやめると思っていなかったみたいで、弁護士さんいわく、「えっ、やめるの?」って感じだったらしいです。お金がなかったので、やれなかったのね。

弥生犬　今だと違う判決が出たかもしれませんね。

縄文猫　著作権にここまで意識が高くなかったですからね、当時は。映像の著作権というものに対して、まだ関心が薄かったです。

弥生犬　いや案外、この判例から進歩してないいんじゃないですか。

縄文猫　じゃあ私たち、よその国にぱくられても文句言えないってこと? そのためにがんばって裁判やったのになぁ。

弥生犬　そういや、テレビドラマ『すいか』で崎谷《さきや》教授が上野千鶴子さんに似ていて、ぱくりだと言われましたね。

縄文猫　じつは、『すいか』の一話目はパイロット版で書いたものなんですよね。やるかどうかわからないけれど、ためしに一話書いてみて下さい。ウン十万円払いますからって。いい話じゃんと思って好き勝手に書いて、その時たまたま図書館で見つけた、遙洋子『東大で上野千鶴子にケンカを学ぶ』（ちくま文庫）の上野千鶴子のセリフが面白いと思って使ったんだけど。もちろんそのままじゃないですよ、似た感じでね。まさかこんなハチャメチャなドラマが実現すると思ってなかったのね。あれよあれよという間にやることになって、フツーなら弥生犬さんにもチェックしてもらうんだけど、家にある本じゃなかったこともあって、ちゃんと確かめずにそのままオンエアになっちゃったんだよね。完全に私のミスなんだけど、後で本を買ってチェックしたけど著作権の侵害にはあたらないです。三年と三〇〇万円を裁判にかけたからわかるんだけど、法的には問えないんですね、これぐらいじゃあ。ご本人からの抗議も一切なかったです。でも遙さんには、島崎今日子さんを通して謝ってもらいました。無断使用はどう考えても失礼ですから。たぶんフェミニズムを扱ったドラマがそれまで日本にはなかったから、女性たちが「おぉっ」と期待してわき立ってくれたんじゃないかなと思っています。

弥生犬　期待にそえたんですかね。

縄文猫　ネットではみんな、回を重ねるごとにこの話はしなくなっていった。フェミニズムの人たちが思っているのとは違う展開でガッカリしたのかなぁ。でも表現の世界のいいところは、こんなヘンなドラマでも「あってよしッ！」と言ってもらえるところですよね。

弥生犬　たしかに。政治の世界なら、めざわりなものはつぶしてしまえって話になりますからね。

縄文猫　表現の世界では、私のつくるものが気に入らないといって私を殺したとします。すると殺した人はその時点で負けなんですね。たぶん殺された私の方が名をあげる。

弥生犬　モーツァルトとサリエリですね。

縄文猫　そう、結局は面白いものをつくった人が勝ちの世界なんですよ。賞なんか関係ない。視聴率なんてどうでもいい。いかに人の記憶に残るものをつくるか。

弥生犬　一見公平だけど、なんともきびしい世界ですねぇ。

縄文猫　よくできたもので、ぱくったものは、そんなに長く輝けない。自分で自分のをぱくっても同じ。やっぱり最初のオリジナルはダイヤモンドの輝きなんですよね。

弥生犬　たしかに、長谷川伸《しん》は今読んでも面白いからね。フェリーニの『8½』も黒澤明の『七人の侍』も、スピルバーグの『激突！』も。

縄文猫　我々もそんな作品をつくることをめざして、ダイヤモンドを見つけましょう。

弥生犬　ダイヤモンドは買うもんじゃないんですか？

縄文猫　お坊ちゃまはこれだから。掘って掘って、掘り当てるもんです。

嘘のない青い空

お義母さんのダイヤモンド

真っ赤な嘘というコトバがあるからだろうか、真っ青な空を見上げると、そこには嘘も秘密もないように思える。雲ひとつない空だと、よけいにそんなふうに思う。

ダンナのお母さんの形見であるダイヤモンドをなくしてしまった時、私は空を見上げて歩くことができなかった。ダンナに何と言おうと、くよくよしていた。

元は指輪だったのだが、食うに困った時期があって、プラチナの台の方は売ってしまった。小さなダイヤモンドの粒になってしまったが、どうしても売る気になれず、そのまま持っていたのだった。当時の私の暮らしはどんよりとしていて、きらきら光るものはその小さなダイヤモンドだけだった。時々取り出してそれを見ていると、状況は何も変わっていないのに、なぜか心強く思ったりした。

そんな大事なものをなくしてしまった。百万円ぐらいで買ったと聞いていたので、やっぱりダンナに謝っておこうと本当のことを話した。ダンナは、余裕ができたら同じものを買えばいいと言ってくれたけれど、石の底を覗《のぞ》くと小さな傷のある、お義母さんが青春時代に買った、あのダイヤモンドでなければ意味がないと思ったのだった。ダンナにそう言いたかったが、うまく説明できそうもなく、後悔だけがいつまでも残った。

そんなこともあって、晴れない気持ちで何をするでもなく花壇の縁石に腰掛けていた。二十分もこうしていると気づき、よっこらしょと腰を上げ、お尻についた砂をはらっていると、雑草の茂みの中に小さく光っているものを発見した。なくしたダイヤモンドと同じぐらいの大きさだったが、それよりも格段に輝いている。胸をどきどきさせながら顔を近づけると、それは捨てられた飴の包み紙だった。袋状の内側が銀色で、それが太陽を反射させているのだった。小指ほどの飴の包み紙の中に、太陽が丸々一個分映し出されている。振り返ると、私の後ろに太陽が輝いていた。

不覚にも涙が出た。そうだった、あの頃、ダイヤモンドではなくお義母さんに照らしてもらっていたのだった。お義母さんだけではない。私はいつだって、こうやって誰かに照らしてもらっていた、ということを思い出した。涙が次から次へと噴き出してきて、青い空の下、ようやくダイヤモンドをなくしたことを許してもらったような気持ちになった。

花は散らねば

心が浮かない。原因はわかっている。たまたま仕事の知人や友人との別れが、いくつか重なってしまったからだ。もういい歳だし、そんなことぐらいで今さら、と思っていたのだが、心のうちでは駄々っ子のように、別れたくないといつまでもぐずっている。

だからなのか、京都にある円山公園のしだれ桜を見にゆこうと思い立つ。今年は開花が早く、行ってみるとすでに葉桜で、残った花びらを盛大に散らしていた。そんなそばで三才ぐらいの女の子が一生懸命に風に舞う花びらを追っていた。

つかまえても、つかまえても、花びらは次から次へと降ってくる。下に落ちたと思っても、風にあおられ、また空へ飛んでゆく。そんなふうに、花びらと遊んでいる子供を見ていて、今の私はこんなふうなのだと思う。花が散るのは世の常なのに、それが惜しくて追いかけたいという気持ちをおさえることができない。

二十年ほど前、私は突然、誰にも行き先を告げずに引っ越してしまったことがある。書く仕事は細々と続けていたが、そこへも連絡先は言わなかった。当時の私は、何もかもつまらなく、しかし、それをどう立て直したらよいのか、まるでわからなかった。

ただ、今の自分はよくないということだけはわかっていた。脱皮するみたいに、いろんなものから、するりと抜け出したかったのだと思う。

引っ越し先を探すため、神戸・湊川《みなとがわ》のあたりを歩いていた。市場の帰りなのか、手がちぎれそうなほど買い込んだ袋を下げたオバチャンたちが胸をはって闊歩《かっぽ》しているのを見て、この町でやり直してみようと思った。

私はそこで、安い魚を買ってきては、煮たり焼いたり刺し身にしたり干し物にしたり、お金はないけど、やりたいことは山のようにした。私はようやく自分が生きていると思えるようになった。

ちゃんとした別れも言わず、突然連絡を断った私を、怒ることなく見守ってくれた人たちがいたことを思い出す。花は散らねば、若い葉が出てくることができないと知っていた人たちだ。

私はなにをじたばたしているのだろう。去ってゆく人は、そっと見送るものである。私の知らない場所で、また別の花を咲かせるために。私自身、そうしてもらったように。

日常と非日常の不思議

デパートのエスカレーターを下りると正面にガラスの机があって、その上にタオルがふんわりとたたんで積まれていた。さわると、ふわふわしていて気持ちがいい。それを洗面用とトイレ用に二枚ずつ買った。

いつも思うのだが、お店にディスプレーされていたものを家に持って帰り、包みを開けたとたん、古びたもののように思えるのはなぜだろう。ふわふわやデザインは同じなのに、家のものになってしまったとたんに、全く別のものに思えてしまうのは私だけだろうか。

ダンナが中学の時、ジーンズをはいた女の子からビートルズのレコードを貸してもらったそうである。当時、ジーンズにビートルズは最先端である。ダンナのおばあちゃんは丁寧な人で、それを返す時、きれいに油紙にくるみ、麻ヒモをかけてくれたそうである。渡す時、どれほど恥ずかしかったか、今もその時のことを言う。油紙というのは、水を通さない紙で、おばあちゃんは大事な借りものが弁当の汁で汚れでもしたら大変だと思ってしてくれたことだろう。でも、ダンナにしてみれば、それは友人に知られたくない、ださくてつまらない日常そのものだったのだ。

今、この原稿を書きながらベランダを見ると、買ったタオルが洗濯ハンガーにつるされている。ついこの間入ってきた新人のくせに、当たり前の顔をして揺れている。こうやって、非日常だったものが日常になってゆく。ダンナも出会った時は、おろしたてのパリッとしたシャツみたいに思えたものだが、今はよれよれのTシャツのようである。しかし、その馴染んだ感じが何ものにもかえがたいと思えて、不思議なものである。

慣れるということは無関心になることのように思えるがそうではない。時間が経つうちに、間に何もなくなってぴったり寄り添う感じなのである。

今度はデパートで、刺しゅうした小さなポーチに目をとめ買ってしまった。制服の女の子がブランコに乗っていて、そのまわりにはシロツメクサが生えている。裏を返すと通学カバンがぽつんと一つ刺しゅうしてある。ブランコに乗る女の子が非日常なら、このカバンは日常だろう。ブランコだけなら不安だがカバンがある限り大丈夫と私には思える。

この世に出たばかりのものが、私に馴染んだものになってゆく。世の中の方が私の方に寄ってくるみたいで、ちょっと楽しい。

よく食べる子供だったら

子供の頃、食べることが苦手だった。私はやせっぽちの女の子で、性格的にも意欲というものがまるでみられない、とても消極的な子供だった。

忘れ物をしても隣の子に「貸して」と言えない。私がもじもじしていると、誰かが気づいてちゃんと用意してくれる。そのことが恥ずかしくて、私はさらに下を向く。そんな子供だった。

授業中、手を挙げることさえできない。算数の時間だった。先生の質問に優等生たちが次から次へと答えるのだが、みんな間違えている。誰か答えのわかる人いますかと、先生は教室を見まわす。私は手を挙げず、そっと隣の子に答えを教えてあげる。それが正解だとわかると、隣の子が、なぜか猛烈に怒りだした。答えがわかっているのなら、なんで手を挙げて言わないのかと言うのだ。

言う通りである。しかし、優等生の子たちが間違えている問題を、私のような、みんなから勉強はおろか集団生活もできないと思われている者が答えてしまっては、まずいのではないかと思ったのだった。教室は金魚鉢のようなものだと、小学二年の私は考えていた。その中で、みんな仲良くやっているのだから、そのままの状態を保つのがいいのではないか。現に、隣の子にうっかり答えを教えたばかりに、怒りだしたではないか。それから、私は答えがわかっても、誰にも言わず黙ったままでいようと思った。

それは家族でも同じだった。ある日、勤め先の会社で人事部にいた父親が、入社試験を子供たちにやらせた。一般教養というより、ひらめきがポイントの問題だった。当時小学三年の私の成績は四つ上の兄よりよかったらしい。そのことを兄は、荒れ狂って怒った。私は、心底、人間は、なんてめんどくさいんだろうと思った。

私が賢くなると、この世はうまくゆかないらしい。ということがわかって、私は面倒が起こるような場所をめざさないようにしようと思った。かわりに、ひたすら自分が面白がることを探してきたように思う。それは、人が放っておいてくれる場所だった。気がつけば、私はよく食べるようになり、会社づとめを経て、ドラマの脚本や本や小説を書く人になっていた。

私はずいぶん早くから、人とうまくやることを諦めたんだなあと思う。道は閉ざされていると早合点したので、自分自身に向かってゆくしかなかったのだ。最初からよく食べる子供だったら、別の人生だったかもしれない。

ＯＬになったばかりで、まだやれる仕事がなかった頃、先輩が、使用済みの封筒をどさっと私の机の上に置いた。こんなにたくさん捨てずに取っておいたことに驚いていると、糊付けの部分をはがせと言う。言われる通り、アジの開きのように、どんどん開いてゆく。先輩はその端っこを切り落として、大きさをそろえ、メモ用紙をつくってみせた。課の人が電話の時に使っているのは、これだったのかあと納得する。見よう見まねで、どんどんメモ用紙をつくってゆく。できたのをキャビネットの中にしまう。そこには、誰がつくったのか、すでに大量のメモ用紙が保管されていた。使い切れるのかなあと心配になったが、その後も先輩は、私が暇になるとメモ用紙をつくらせた。

昔のオフィスには、こういう仕事がたくさんあったように思う。天ぷら屋さんの油は、高級店が一度使ったものを二流店におろし、その後さらに三流店が使う。その後の油をさらに立ち食いの店が使っているという話があった。昭和の頃の都市伝説である。

それと同じように、オフィスでは紙もまた二次利用、三次利用されていた。封筒でつくったメモ用紙は、使った後また折りたたんで糊付けし、小さな封筒に戻って、出張旅費の精算の時の小銭入れになった。すでに八〇年代に入っていたのに、先輩たちは当然のようにそういうことをしていた。

そういえば私が小学生の時、父は会社でいらなくなった資料や図面の束を子供たちの落書き用に持って帰ってきてくれた。青くコピーされた紙で、独特の薬品の匂いがした。私は、その裏に食べたいものを次々と描いた。ソフトクリーム、エビフライ、お好み焼き、原始人が食べるような骨付きの肉、五段重ねのケーキ。それらを切り抜いて、妹と食堂ごっこをした。その後、どうなったかまるで覚えていない。誰かがやった仕事の紙は、私たちがさんざん遊んだすえ、消えてしまった。

今は個人情報がもれないよう、家にはシュレッダーがあって、ダイレクトメールや仕事の依頼書などを、粉々にしてしまう。それをゴミ袋にぎゅうぎゅう押し込むのだが、誰かの仕事がそのままゴミ箱に直行しているようで、ちょっと申し訳ないような気になるのは昭和生まれだからだろうか。複雑に折りたたまれて出来ている化粧箱も、開いたとたんにゴミとなってしまう。誰かが一生懸命考えたことなのに、なんかもったいないと思ってしまう。

生きているという実感

子供の頃、私はいつも壁に向かって本を読んでいた。兄と妹が大声で叫び、家の中を走り回っている。そして、母がそれを大声で注意するからだ。

そんな子供たちをこらしめるために、母は時々階段下にある物置に私たちを閉じ込めた。兄や妹はネズミが怖いとおびえるのだが、私はそこに入れてもらうのが楽しみだった。同じ家の中にある空間だというのに、匂いや空気の重さが他の部屋とはまるで違うのだ。私は、そこで誰にも邪魔されず、いろいろなことを想像した。壁に向かっている時は本の中へずんずん入ってゆく感じだったが、物置の中は自分が暗い湿った空気に溶けだしてゆくように思えた。そんな子供だったので、将来、誰かと暮らすのは無理だろうと思っていた。

今のダンナは猫みたいな人で、いつの間にか家に出入りするようになっていた。いつから一緒に住むようになったのかは定かではない。こうなってしまうと、突然いなくなってしまったら、さぞかし寂しいことだろうなあと思う。人と住むのは絶対に無理と思っていたのに、車いすの生活になったダンナの介護までしている。誰かの世話を焼くということが面倒だと、私は一体誰に教え込まれていたのだろう。実際にやってみると、書く仕事や家事よりはるかに楽しい。

人の体は正直で、ちゃんと手をかければ悪かったところはよくなる。そのくせ、柔軟なところもあって、放っておいても何とかなってくれたりする。常に、何かを投げ返されているような気がする。つまり、生きているということを実感させてくれる。誰かと暮らせないと思い込んだのは、私が誰かの意見をそのまま鵜呑《うの》みにしてしまったせいだと思う。

今は何でもお金を出せばやってくれる。お墓参りだって一万六千円ぐらいで、私がやるのより丁寧な仕事をしてくれるらしい。しかし、雑草をむしっている時に首筋に感じる直射日光や、草と土から立ちのぼる日向の匂いはわからずじまいだろう。自分が生きているという実感は、やってみなければ自分のものになってくれない。

花がしおれてゆくのを見るのは、無残なものである。しかし、気づけば、ダンナも私も年を経るごとに、植物と同じように心身ともにくたびれゆきつつある。そのようすが無残かどうかは、やってみなければ本当のところはわからない、と思っている。

五月病

五月病というのは、今もあるのだろうか。この時期になると、仕事がイヤになって会社に出てこられないという新人社員が増える。そういうのを五月病と呼んでいた。

私の場合は五月ではなく、入社した年の九月頃だった。通勤電車に乗ろうとすると、お腹に激痛が走る。下痢である。そのまましゃがんで痛みが通りすぎるのを待ち、次の電車に乗ろうとすると、また激痛である。しかたなく、ホームの公衆電話から会社へ今日は休みますと電話をする。とたんにお腹の痛みはおさまってしまう。そんなことの繰り返しだった。病院に行くと、お医者さんにどこも悪くないと言われた。こういう人、いるんですよ。痛いから手術してくれって。でもお腹を開けても何もないんですよねぇ。医者は大腸過敏症だと言った。名前はつけてもらったが、痛みは消えることがなかった。

私は閑職に追われたオジサンたちが集まる「調査室」という部署にいた。それは、彼らに仕事を与えず、居場所をなくして、自ら退社するのを待つ、という部署だった。私はそんな会社のやり方に憤慨していた。仕事もないのに、仕事のふりをしているオジサンたちにも頭にきていた。毎日が面白くなかった。大腸過敏症はその頃の話である。

ある時、そこのオジサンが、私のことをつくづく眺めて「いいなあ」と声をかけた。「あとは結婚するだけやもんなあ」と本当にうらやましそうにそう言った。私は、この人は何を言っているんだろうとまた憤慨した。男というだけで、仕事ができなくても、こうやって給料をもらっているくせに、と心の中で毒づいた。

誰かが家に電話をかけていた。必要なものを家の人に探してもらっているらしい。「タンスの上に置いてある箱があるやろう」などと話している。突然、見たこともないのに、その家の暮らしがありありと目に浮かんだ。この人には家族がいて、ちゃんと住む場所をつくり、子供たちを人並みに食べさせたりしているのだ。そう思って部屋を見まわすと、懸命に仕事のふりをしているオジサンたちが偉く思えた。私は、その時、「クソッ、クソッ」と思った。誰に向かって、誰のためにかわからないけれど、絶対に負けないからな、と思った。不思議なことに、それから、お腹の痛みは出なくなってしまった。

今でも時々、絶対に負けないからなと思ったりする。今は幸せなことに、誰のためにそう思うのか、よくわかっている。

恨みや嫉妬は小さく折りたたむ

週刊誌に連載しているエッセーを読んでいると、自分の子供のことを「バカ」と書いている作家がいた。自分の生活がいかに充実しているかというようなエッセーばかり書いている作家で、子供のことも自慢していた。だから、突然どうしたんだろうと思っていた。すると、次の週のエッセーに「バカ」は誤植でしたという謝りの一文が添えられていた。だろうなあ、それにしてもなんで間違いが起こってしまったのだろうと不思議だった。その作家からのクレームを想像し、現場の混乱を思って、そこに居合わせなくてよかったと心底思った。

その後、たまたまその話をしていると、そのエッセーの担当者を知っているという人がいた。「バカ」と誤植した張本人は、退職したという。それが原因で、会社を辞めるところまで追い詰められたのかと思っていたら、どうもそうじゃないらしい。その前から辞めるつもりでいたのだそうだ。最後の仕事で、「バカ」と書きかえたようだった。日頃、作家とのやり取りで、よほど腹にすえかねることがあったのだろう。

しかし、である。それはないだろうと思う。自分のやってきた仕事を、最後の最後にそんなふうに汚してしまって本当にいいのだろうか。恨みをそのまま持ち続けるのは、つらいものである。嫉妬もそうだろう。だが、復讐をはけ口にしても救いはないように思う。「バカ」と書きかえて会社を辞めた人の気持ちが、それですっかりおさまったとは思えないからだ。

昔々、海釣りで船を借りた時、船頭さんが何でもかんでも、どんどん海にゴミを捨てるのを見てびっくりしたことがある。さすがに今は、そんなことをしたら、いずれ自分に返ってくることを知っているので誰もしないと思うが、当時、邪魔になったものを当たり前のように捨てているのは衝撃だった。

社会を海とするなら、自分の恨みや嫉妬をそのままうち捨てるように人にぶつけているさまは、見苦しいものである。やがて、それは自分に返ってくるだろう。そもそも、恨みや嫉妬はゴミではない。それらもまた、自分から生まれてきたものである。ならば、できるだけ小さく折りたたみ、再エネルギーとして有意義に使える日までとっておくべきではないか。私たちは、ゴミなら道理はわかるのに、自分の気持ちとなるとたんに、そんな簡単なことさえ見えなくなってしまうらしい。

掌の葉っぱ

電車に乗っていると、向かいに座っている女性の紙袋から緑色のものがとび出ていた。苗の先っぽだ。先端がツルのようになっているから朝顔かしらとじっと見るが、よくわからない。家にも、ちょうど頼んでいたゴーヤの苗が届いていて、せっかくなら新しい土に植えようと、注文した野菜用の土を待っているところだった。

ベランダに置かれた四つの苗は、まだ植え替える前だというのに、日ごと伸びてゆく。放っておくと互いのツルがからみあってしまうので、少し離して置いている。苗が、ベランダにぽつんぽつんと置かれている姿は、寂しそうに見える。

昔、学園もののテレビドラマの脚本を書いていた頃を思い出す。教室のシーンだった。ふいに、そこに居るセリフのない生徒たちの姿が見えた。彼らもまた、ぽつんぽつんと頼りなさげに立っていて、その姿があまりにも寂しく、私は書きながら泣けてきた。

自己責任などと言われ始めた頃だった。現実の学校には、テレビドラマで見るような熱血先生や仲間はもうおらず、教室は見知らぬ者たちが通りすぎてゆく街中とかわらない場所になりつつあると、ふいに気づいたのだった。

私たちは、ツルがからみあわない場所に置かれた苗と同じだ。他人とトラブルが起きない距離を保ちつつ、オフィスや教室、あるいはエスカレーターやプラットホームにぽつんと置かれている。なのに、どの人も平気な顔で歩いている。本当のところはわからないけれど、何の問題もありませんというふうに私には見える。

電車の中の苗を持った女性が降りてゆく。苗の葉が一枚、床に落ちていた。思わず拾って、そっと握ると、産毛のようなものが生えていて思いがけずやわらかい。私は、その葉を握ったまま改札口を出て、床も天井もピカピカの駅のコンコースを歩いた。小学生の遊びのように、どこまで葉っぱを握ったまま歩いてゆけるだろうかと、私は歩く。

掌《てのひら》の中の葉っぱは、やわらかく動き、まるで子供の手を握っているようだった。そうか、私は今、命を握っているのかと気づく。そう思うと、どこまでも歩いてゆけそうな気がした。

ふと、まわりを見渡すと、命にあふれていた。ここを歩いている人たちすべてが、やわらかく、日に日に伸びてゆく力を持った命なのだと気づいたのだ。私は、なんだか泣けてきた。

最低の気持ちから生まれてくるもの

日記帳を買うのが趣味である。が、最後まで使ったことがない。どれも記入しているのは最初の数日だけなのである。

先日、なにげなくテレビの下にあった赤いタータンチェック柄の日記帳をひっぱり出した。三年使える形式のものだ。開くと、私が書いたのであろう下手くそな詩が書かれてあって、日付は三年前の八月だった。恥ずかしくて、あわてて閉じたのだが、走り書きされた文字が目の端に飛び込んできた。

「最低の気持ちから生まれてくるものを待とう」

まさにその時最低の気持ちだった私は、それを見て、もう一度日記帳を開く。この頃、私は深い絶望を感じていたことを、リアルに思い出す。それは数日でおさまるようなものではなかった。人間の持っている業《ごう》のようなものに、私は悩まされていたのだった。

日記帳はその詩の後、ずっと空白だった。それをぺらぺらめくっていると、自分の三年分の空白を見せられているような気分になる。もちろんこの三年の間、メシを食ったり笑ったり、それなりに楽しくやってきたのだけれど、この詩にあるような絶望を、こころの隅にずっと持ち続けてきたことを思い出したのだ。

ダンナに「若い人が書いた詩みたいやな」と言われた。言う通り青臭いコトバが並んでいる。私は、絶望しながらもまだ希望があると自分に言い聞かせるように書いていた。「何が幸せかは人それぞれ違って、永遠の幸せなんかなくって、なのに同じ願いが立ち上がってゆくのが見えないか」

見えないか、と書いたのは三年前の私の願いだったが、時が流れ、それは願いではなく本当に立ち上がってゆくのが今の私には見える。この時の私は、悲しみを悲しみのままだけでは終わらせない、終わらせてたまるかと思っていた。ほとんど何も書かれていない日記帳だけど、ここに私の絶望があった。そして、それを何とかしたいとあがいていた自分があった。

ここまで書いて、自分が過去形で語っていることに気づく。そうか、あの時の絶望は、すでに過去のものになっているのか。そう思って日記帳を見ると、私の気持ちがタータンチェックできれいにパッケージされているように思える。そうか、そうか、もう終わったことなのか。

だったら、また新しい日記帳を買っていいよねと、不埒《ふらち》なことを思う。

からっぽの箱

ものを書く仕事をしていると、どうやって何もないところから思いつくんですか、とよく聞かれる。その場その場をしのぐように書いているだけなので、うまく返答ができず困ってしまう。

私の場合、よくよく考えてみると、いつもからっぽなのである。イメージでいうと、からっぽの箱がぽつんとあると思って欲しい。私はその箱にどんなものでも詰めることができる。そういう能力だけは、なぜかある。ものすごく巨大なもの、高層ビルでも木星でも詰めることができる。そしてたぶん、とても小さな羽虫や台所の目に見えない汚れまで、箱に上手に盛って人に見せることができる。私が心を配るのは、みんなが見たい形か、見やすいかということだけだ。

いってみれば、ドールハウスのようなものなのだと思う。過去に見たものを、あるいは未来にあるかもしれないものを、プラモデルのように小さい箱に詰めて人に見せるのが私たちの仕事である。

子供の頃、母親に何かをねだるということをほとんどしたことがない。七歳ぐらいの時、一度だけダダをこねたことがある。とても小さなベッドやイスがセットになった玩具で、それは結局買ってもらえなかった。私は自分の掌に載るような小さなものが好きなのだろう。

その頃から、たいていのことは思い通りにならないことを私は知っていた。兄は男だというだけで大事にされ、私は姉ということだけで妹に譲らねばならない。私が思い通りにできるのは、掌に入るぐらいの大きさのものだけだった。木の実や花びら、洗濯バサミ、輪ゴム、ドロップ、見たら目が見えなくなると同級生が恐れていた白い石、セミの抜け殻、トカゲの尻尾。私は、そんなものを使って自分の好きな世界をつくっては壊していた。そんなことを一人で繰り返していると、自分の思い通りになることは、つまらないことだなあと思えてくる。私は、そんなことに飽きてしまって、思いついたことを次から次へとやってみる。でたらめな世界をつくっては一人でゲラゲラ笑っていた。

私はいつも自由でいたいのだと思う。自由とは、思い通りにすることではない。からっぽの箱を持ってニュートラルな状態にいることだ。そこに、私は何だって詰められる。そう思うと心がぐんぐん広がってゆく。頭の中だけの話だけれど、私にはそれで充分なのである。

おばあちゃんは、亡くなるまで意識がしっかりした人だった。それは、どちらかというと気の毒だったように思う。同居していたお嫁さんと、ずっとうまくいっていなかったからだ。お嫁さんは、日に三度ゴハンを食べる習慣のない人だったらしく、母が行っても食事が出されることはなかった。母はおばあちゃんが三度三度食事をさせてもらっていないようすに腹を立てていた。

ある時、おばあちゃんの元を訪ねると、珍しく食事をしていた。母は、それがねぇと怒りをふくんだ声で、簡易トイレの上で食べさせているのよ、と顔をゆがませた。

一緒に暮らしているわけではないので、母の言うことがどこまで本当のことなのかわからない。おばあちゃんは、嫁について何も言わなかった。私には、それはおばあちゃんの戦いのように思えた。自分の置かれた境遇を人に愚痴ったとたん、自分自身を惨めに思わなくてはならなくなってしまう。

お嫁さんは小柄な人で、笑っていないのにいつもウサギのように口角が上がっていて、おばあちゃんがいよいよダメかもしれないという時も、決して病室に足を踏み入れることはなく、開いたドアから半身を乗り出し「どうですかあ」と声だけかけて帰ってゆく。おばあちゃんは、何ごとも起こっていないという顔で、嫁の方をちらりとも見ない。

おばあちゃんが亡くなって、いよいよ最後のお別れですという時に、お嫁さんは「ちょっと待ってぇ」と振り絞るような声を出して二階へかけ上って行った。「これ、おばあちゃんが大事にしていたものなんです。お棺に入れてあげて下さい」と差し出したのは、最近買ったかもしれない、買ったかしたプラスチック製の目覚まし時計だった。私には、それがおばあちゃんが好きだったものとはとても思えなかった。そもそも、この人はおばあちゃんの好きなものに興味などあったのだろうか。

もしかしたら、この人もまた、おばあちゃんが嫌いだということを、ひた隠しにしたかったのかもしれない。親族が集まる中、自分が愛されなかった嫁だったとばれるのは、惨めなことだったに違いない。

今はもう、そのお嫁さんも亡くなり、遠い昔の話である。もしかしたら、この二人は面と向かって罵《のの》り合うようなケンカをしたことなど一度もなかったのかもしれない。もしかしたら、敵は嫁や姑ではなかったのかもしれない。二人は世間体というものと、長く長く戦い続けた人たちなんだろうなあと思う。

水先案内船

港でぼんやり海を見ていると、パイロットと書かれたボートが出てゆく。水先案内船なのだろう。港に入ってくる大型船をこの小さな船が誘導してゆくのだろうか。本当のところは、どんな仕事をしているのか知らないが、パイロットという文字とその形からの連想で、まるで万年筆のペン先のようだなと私は思う。

仕事で、いつも万年筆を使っている。何も書いていない真っ白のスケッチブックにペン先をすべらせてゆくのは、港から出てゆく船のようだと私は思う。そこから出てくる文字で、読者をうまく誘導してゆくのが私の仕事だ。

船と違うのは、いったん出航してしまうとどの水路をたどるのか、私自身全くわかっていないということだろう。実は、港に戻ってこれるかどうかさえわからずに書き始めることが、ほとんどなのである。

木皿さんのドラマや小説には印象に残るコトバがたくさんありますよね、と褒めていただくことがある。どこから、そんなコトバが出てくるんですかとよく聞かれるのだが、私たちは感心させようと意図して書いているわけではない。自分自身が傷ついたり、苦しいと思っていることがあって、何とかそこから抜け出せないかという切実な思いから、コトバを絞り出す。すべては、自分の問題を解決するために書いている。だから自分の苦しみはそんなに怖くない。自分に声をかけるすべを知っているので、なんとかしのげると思っている。

しかし、他人の苦しみには、どんなコトバをかけてよいかわからない。とても大切なものを失ってしまった人に、「大丈夫、また似たようなものが手に入るよ」と言うのか、「なくしたことに意味があったんだよ」と言うのか。おそらく、人によってかけるべきコトバは違うのだろう。声をかけるタイミングによっても違ってくるだろう。傷ついている人に、これさえ言えば大丈夫というオールマイティのコトバはない。たとえば、娘さんを亡くしたお母さんに、私はかけるコトバを持たない。

港に、役目を終えたパイロットが戻ってくる。私のペン先は、傷ついた人たちを誘導するために、紙の上を出航したというのに、まだ港に帰れずにいる。そのことが、とても悔しい。もしかしたら、コトバでは無理なのだろうか。だとしても見つかるまでは帰れない。それが私の仕事である。

女を降りる

「女の秘密」というのが苦手である。下着屋さんで、ひらひらのレースのブラジャーやショーツが並んでいるのを見ると、私は女なのだけれど思わず下を向いてしまう。思えば、ちゃんとしたブラジャーを買いに行ったことがない。いつも、スーパーなどで売っているワイヤーもホックもついていない、びょーんと伸びるゴムのやつである。それもくたくたになるまで洗濯したやつなので、すでにブラジャーと呼ぶにはほど遠いものになっている。

それでも、いつもは素通りしていた下着屋に入ると、けっこう可愛いのがいっぱいあり欲しくなる。ところが、私は体がでかいので、その可愛いのはことごとく入らず、店員さんが奥からゴテゴテと飾りのついた分厚くて、巨大なブラジャーを出してくる。なんだか食虫花のように見える。それはまさに、「女の秘密」そのもので私のテンションは下がる。

昔、母の行きつけのパーマ屋さんに連れて行かれたことがある。美容師のオバサンは、母が席を外したのをみはからって、私に「女性の股はすぐに黒ずんでしまうのよ。そうなってしまうと男性とベッドインする時に恥ずかしいでしょう。でも、このクリームをつけておくと白いままなの」と説明した。

歳を重ねると股が黒ずんでしまうというのは驚きだが、そうならないために、世の女性たちが大真面目に、そんなところに毎晩クリームを塗り込んでいるというのは滑稽であり、大きな衝撃だった。私は、男性と性的関係を結ぶには、そんなことまでせねばならないのかと暗い気持ちになった。やらなければならないのは、おそらくそれだけではないだろう。十代の私は、まだ付き合っている男性はおらず、セックスにたどりつくまでにせねばならぬ数々のハードルを想像して、「無理だあ」と頭を抱えた。そんなのが人並みの女性になることなら、私はそこから降りようと決意したのである。

店員さんがとても親切だったので、一応、身に合った下着をワンセット買って帰った。ダンナに「見たい?」と聞くと、「見たない」と即答される。鏡の中で、ぐだぐだの乳房が、くりっとした果実のようになるのを見ると、正直嬉しい。「女の秘密」とは過去の自分に戻りたいという渇望である。私は、すでになりたいものになっていて、戻りたい場所などないと思っていた。胸がくりっとなったところで原稿料が上がるわけではないのだが、私にも戻りたい場所がまだあるらしい。

糧を得る

早朝、公園まで出かけて、私はそこで寝ころぶ。仰向けになれば空が見えるし、横になれば遠く海が見えて、水平線と自分の体が平行に並ぶ。気がすむまでそんなことをして、また来た道を帰ってゆく。

その途中、歩道にぎっしりと空き缶の詰まった袋が二個、台車にくくりつけてあるのを見て、胸が一杯になった。その持ち主はいなかった。顔でも洗いに出かけてしまったのだろうか。胸が一杯になったのは、それを見て、ふいに「糧《かて》」というコトバが浮かんだからだ。一般的に言えば、「資源ゴミ」なのだけれど、私には、それが「糧」としか見えなかった。まだ暗いうちから集めた空き缶を選別して袋に詰め、それをどこかに売って、いくばくかの現金に換え、その日暮らすのに必要なものに費やしてしまうのだと想像すると、とても尊いもののように思えた。

私が「糧」を得る手段は、文章を書くことで、それを紙やら電波やらネットやらにのせて、お金を稼いでいる。やった仕事は自分でもすぐに忘れるし、世間の方も次から次へと情報が更新されるので、どんどん忘れ去られてゆく。それでも、作家というのはまだカタチとして残る仕事なのかもしれない。

私たちは一瞬の数字のために働いている。そして、そうやって働いた結果を、ATMの中の数字で確認する。私が空き缶の袋に胸をつかれたのは、働いて得たものが目に見えるカタチで、そこにあったからだ。働くことは生きることだ、とその袋は言っていた。

そんなことを考えながら街中を歩いていると、私の前方に、横たわっている人がいた。ホームレスなのか、足元に家財道具らしい荷物が置かれている。その人は、さっき公園で私がしていたのと全く同じポーズをしていた。おそらく、私が見ていたのと同じように空が見えているのだろう。歩道に置かれた空き缶の袋を思い出す。私より、このオジサンの方がはるかに「生きている」という感じなのである。

私が早朝の公園で地面に転がるのは、そこでなら私は横たわっても異常者だとは思われないからだ。オジサンはそんなこととは関係なく、いつもの自分でそこに居る。特定の場所でしか横たわれない私は、街中で無防備に横たわるオジサンに遠くおよばない。それでも明日、私はやっぱり公園に行って空を仰ぐだろう。「生きている」という束の間の実感を得るために。

感謝を伝える

遠く上海からファンレターが届いた。私たちの本を読んで、手紙を書かずにはいられなかったという気持ちがあふれていて、読んでいて私は恐縮してしまう。

こうやって、やった仕事の結果を直《じか》に受け取ることができるのは幸せなことだと思う。仕事も種類によっては、その結果を知らずに終わってしまうことはよくあることだ。

たとえば、ダンナの入院でお世話になった病院の主治医や看護師さん、リハビリの先生、ケアマネージャーは、こちらが退院してしまえばそれきりで、自分がやった仕事がどういうふうに、その人の人生に影響を与えたのか、ほとんど知ることはないだろう。

たとえ家族であっても途中で別れがあったりするわけで、仕事の関わりとなると、長い人生の一瞬だったりする。私は、そんな人たちに感謝のコトバを伝えてきただろうか。

今、住んでいる家の内装をやってくれたのは若い女の子なのだが、彼女によると、どうしてもつじつまの合わない部分ができてしまうらしく、それをどこかで調整するらしい。家の場合だとトイレの入り口の隅っこらしい。大工さんの腕がよくて、うまくやってくれたんですよと説明してくれた。素人の私にはよくわからないが、すごいことらしい。しかし、私が好きなのは、壁にある小さなデコボコだ。経費が限られていたため左官屋を雇えなくて、彼女が塗装業の人と二人でしっくいを塗ってくれた。ベランダのタイルも彼女が一人でやってくれた仕事だ。

　これまで数えきれないほどの取材を受け、ドキュメンタリーも撮った。本当ならつまらぬ、よれよれの夫婦作家なのだけれど、彼女のつくってくれた部屋の中で撮ってもらった私たちは、揺らがない思想を持つ何者かであるかのように見える。この部屋のおかげでずいぶん底上げしてもらっているのである。

　思えば彼女にもちゃんとしたお礼を言っていない。どんなふうに心からの感謝を伝えればよいのだろうと思いつつ、すでに十年経ってしまった。私は、その後の彼女の仕事は知らないけれど、彼女が塗ってくれた壁を触るたびに、きっとどの仕事も一生懸命やってるんだろうなあと想像する。彼女とは友人なので、この後も何度も会えるだろう。それはなんと幸せなことだろう、とつくづく思う。ほとんどの人は、会えばそれきりで、だから、ありがとうは言える時に言っておくべきだなと思う。

セミの声

　陸橋を上ってゆくと、下にある公園の木々の葉っぱが手すりを越えて、こちらにのびてきている。そこに、セミがわんわん鳴いているのだが、その数がはんぱない。しげる葉っぱの中に、私は頭だけを突っ込む。そんなことをしなくても、セミの声はうるさいほど聞こえてくるのだけれど、少しだけ違う時空に行けるような気がして、通るたびに私は葉っぱの中に頭を突っ込む。

上も下も右も左も、緑の葉っぱしか見えない。こんなに鳴いているのに、セミの姿を見つけられない。まるで木自身が鳴いているようだ。私にはそれが、「生きている生きている生きている」と聞こえる。下にはひっきりなしに車が走り抜けているというのに、その声しか聞こえない。

松尾芭蕉がつくった「閑《しずか》さや岩にしみ入る蟬の声」というのは、不思議な句だ。わんわん鳴いているセミを詠んでいるのに、目に浮かぶのは無音の世界だ。夏の盛りであるはずなのに、木々が整然と並んだ、人が踏み込むことのない、ひんやりした風景が目に浮かぶ。セミのうるさいほどの音を閑さやと言い切っている矛盾が、若い頃はどうも納得できなかった。

年を取って思うのは、もしかしたら当時の日本人は、セミの声を音としてとらえていなかったのかもしれないということだ。セミだけではなく、他の虫の鳴く声も音ではなく、緑の葉っぱがやがて枯れてゆくような、そういう自然現象としてとらえていたのではないか。

桜が散るのは、その後に若い緑の芽を出すためである。セミの声もまた、交尾して次の年に子供を残すためのものなのだ。桜の盛大にもられたピンクのかたまりから、花びらが一枚一枚散ってゆくのを見る時、私は、はかなさを思い死を連想する。わんわんとうるさいほど鳴くセミの声もまた、はかないのだが、生きてどうしたいとかこうなりたいという余分なものが一切なく、ただ今を「生きている生きている」と鳴いていて、命というものを強烈に感じさせてくれる。

セミの声をうるさいとしか思えなくなる日が来るのだろうか。それはとても寂しい。花びらや虫から、もののあわれを感じ取る能力は日本人の大きな発明だ。虫や花を愛《め》でることは、我々人間もまたはかない存在だと知ることだからだ。私たちはいずれこの世からいなくなってしまう。そんなことを考えた日は、人に優しくできたりするものである。

私のことは忘れて下さい

十年ほど前、とても親しくしていたのに大ゲンカになって、それきりになってしまった人のことを思い出した。その人には、ずいぶん奢《おご》ってもらった。食事はもちろん服やら雑貨などいろいろ買ってもらったりもした。

そう思って部屋を見まわして、私は愕然となる。その人に買ってもらったものがまるで見あたらないのだ。ケンカはしたが、だからといってもらったものを捨てるような、そんなめんどくさいことを私はしないタチである。模様替えしたわけでもない。知らぬ間に部屋は更新をし続け、気がつけばその人のものは何も残っていなかったのである。十年という時間は、こういうことなのかと感じ入った。

その人と付き合っている時は、一緒に何をやっても楽しかった。私はその人がやることは何でも許した。仕方ないなあと思わせる可愛い人だったからだ。それは向こうも同じだったのかもしれない。

ケンカになったのは、私の書くものに注文をつけるようになったからだ。私はちゃらんぽらんな人間だが、書くということでは絶対に嘘をつきたくなかったので、そこだけは、たとえその人が何と言おうと絶対に踏み込ませることはさせなかった。その人は「なんだよ、ケチだな」と思っただろう。私は自分の書くものを守るために関係を断たねばならなくなってしまった。本当に好きだったのだろう。さよならを言うのに五年ぐらいかかってしまった。とても苦しい五年間だった。

その後、彼女からイジワルをされ続けた。その人がくれたものが何もなくなってしまった部屋を見まわしながら、私はようやく気がついた。あの人はまだ、私のことが好きで、たぶん私が経験した苦しい五年間と同じような気持ちでイジワルをしているのだ。なのに、私はイジワルでさえも無視し続けている。

もう遅いかもしれないけれど、その人に伝えたい。あなたのイジワルは、私にちゃんと届いています。今、あなたの心がどんなふうに痛いのか、私にはとてもよくわかります。私もまたそうだったから。それがわかるぐらいに、私たちは仲良しだったから。だから、私のことは手放して下さい、そして、そんなところにとどまるのはやめて下さい。だって、本当のあなたは楽しいことが好きな人じゃないですか。面白かったことも苦しかったことも、私が全部覚えておいてあげるので、どうぞ私のことは忘れて下さい。

私は私になっていった

シナリオライターになりたいと思ったのは二十歳ぐらいの時だった。ＯＬだった私は気づいたのだ。学校も会社も先生や親の言いなりで決め、その頃すすめられるまま見合いを重ね、結婚もまた誰かの言いなりでしようとしていた。

私は考えた。人生がうまくゆけばいいが、もし何かにつまずいたりしたら、私はきっとこの道を選ばせた誰かを恨むんじゃないだろうかと。人のせいにして生きてゆく人生は絶対にイヤだ。たとえ惨めでも、自分で選んだ後悔のない道を歩きたかった。大人たちが忌み嫌っている挫折というものを思いっきり味わってみたいと思い、私は何の知識も教養もないのにシナリオライターになろうと決めたのだった。

挫折することはなく、十年後作家になった。といって好き勝手に書けるわけもなく、向こうからきた注文に応じて書き続けているわけで、考えてみれば私から何かをしたことなどほとんどない。向こうからやってくる波を、文字通り乗り切ってきたわけで、今のダンナも私が熱望したわけではなく、いつの間にかいついていた。

思えば、すべて外からやってきたものを受け入れ続けて、私は今ここにいる。このことを若い頃の私に教えてやるとどう言うだろう。なんだ、結局は人の言いなりなのかと頭を抱えると思う。

でもね、と私は言いたい。コトバにできないいろんなことがあったのよ。そりゃもう大変で、泣きたいぐらい苦しくて、汚くて、でもびっくりするぐらいきれいで優しいものもあって、温かくて、しつこくて、あっけなくて、ぞっとするぐらい冷たいのに美しくて、甘くて、すっぱくて、気持ちよくって、いい匂いがして、吐きそうになったこともあった。

でも、今振り返ってみると、それは誰かのものじゃなく、ひとつ残らず自分のものだった。だから安心して生きてゆきなさい。外から押しつけられたものでも、格闘しているうちに、かみ砕いていているうちに必ず自分のものになってゆくから。そんなことを若い自分に言っても、笑われるだけだろうか。

悪意を持って思いっきり背中に投げつけられたものでも、リボンをつけて優しく手渡されたものでも、私は受け止めてきた。そのたびに、私は私になっていったんだと思う。老人の説教臭い話だと思うでしょう？　でも、本当のことなんだからしようがない。

生きている実感のない人

知人の中で、幽霊になって怖いのは誰かという話で盛り上がったことがある。やっぱりふだんから恨みをためている人が怖いのではないかということになり、私もそうだと思った。ところが名前があがるのは、予想に反しておだやかな人で、なんでこんな人がと一瞬思うのだが、実際、幽霊になったところを想像するとかなり怖いのである。

なぜなんだろうと話しているうちに、怖いのは思いを残しそうな人ではなく、生きている実感のなさそうな人なのではないかということになった。おとなしそうな人とか、そんなことではない。陽気で活発でも、まるで生きている感じがしない人がいる。そういう人が、幽霊になって、オフィスの隅なんかにひっそり立っていたら、かなり怖いのである。

まるで生きてない感じ、というのはどう説明すればいいのだろう。生きていることにどこか上の空というか、この世に参加しているように見せかけて実はゲームを見ているだけの人。

ダンナが入院していた時の隣の老夫婦のことを思い出す。病気の夫につくす老妻といった感じで、健気だなあと私は思っていた。時々、互いに夫の退院後の話をした。何としても家に連れて帰りたいと私たちは話し、それには車いすでも大丈夫なように畳に何か敷いた方がいいとか、そんな細かい話をよくしていた。

ところがである。最後の最後になって、退院間近というところで、老妻は夫を施設に預けると私に告げた。私に顔を近づけて、「あんな年寄りと暮らすのは辛気臭いからねぇ」と笑った。自分だって充分に年寄りなのに、この人はどういうつもりでこんなことを言うのだろう。全部嘘だったのだろう。いよいよ家に連れて帰らねばならなくなって、このままよい妻を演じ続けるのがイヤになったのか。

しかし、私は、その妻が親身に話していたことが全部嘘だったとは、とても思えないのである。やっぱり本当のところもあったんじゃないだろうか。介護は大変だと誰かに言われて、それを避ける道を選んだんじゃないだろうか。でも、そんなことをして、家に帰って一人きりで暮らすのは、さみしくはないのだろうか。本当の自分の気持ちを、どこかに置き去りにして生きてゆくのだろうか。

この世には、生きているのにまだ生まれていない人がいるのだと思う。人ごとではなく、自分のこととして受けとめ生き始めた時、人生は始まるのではないだろうか。

硬い殻をやぶってみれば

工事中の一角がシートで被われている。トラックが出入りする時は、少し開く。そこからのぞくと、元の建物の鉄筋がコンクリートからむき出しになって、ぐにゃりと曲がっている。世紀末を思わせる風景である。

街はどんどん変わってゆく。工事現場から出てきたジャリを積んだ大型トラックが二台、私の家の下を通ってゆく。どこへ持ってゆくのかしらないが、その行き先もまたジャリを捨てられ、風景は少し変わるのだろう。

何かが変わってゆくのは、いいとか悪いとかを超えたもののように思う。力とでも呼べばいいのだろうか。個人ではどうしようもない、とても大きな力に、押し流されるように壊され、何かが新しくつくられてゆく。

先日、小雨が降る中、車いすを押している女性を見かけた。車いすの人は硬い材質の雨合羽で厳重にくるまれているのに、押している女性は無防備だった。私が自分の傘をさしかけると、その女性はとってもびっくりしていたが、すぐに私の親切に気づくと顔をほころばせ、車いすの人のフードを上げて、「この人が親切にしてくれはったよ」と言った。ごわごわの合羽の中から、とてもやわらかそうな白髪のきれいな肌のおばあさんが出てきた。そのおばあさんが、とても大事なものに思えて、私は挨拶もそこそこに、雨にあたるとよくないとあわててフードを元に戻した。

この女性は、嬉しいことがあった時、一番先にそれを伝えたい人がいるのだ。それは誰でもそうだと、人は言うかもしれないが、本当に皆、それを実感して生きているのだろうか。私にはと礼を言うより先に、まず車いすの人のフードを上げて、私の顔を見せた、その行動が私にはとてもよくわかる。私もまた、車いすのダンナに同じことをするからだ。それまで、私は一人で生きていると思っていたが、今は車いすのダンナを通して世の中を見るようになった。世の中は、思っている以上に柔軟で親切だった。

その女性もまた、家の中に大きな変化があって、今、車いすを押しているのだろう。硬いフードから出てきたのは、チューリップの中の親指姫のような上品なおばあさんで、今は家族の大切なものになっている。

私の外側にある硬い殻をむくと何が出てくるのだろう。次に大きな波のような力がやってきたら、たぶん六十を超えてもそれはやってきて、私は思いもよらないものになるのだ、と思うとちょっと楽しい。

分け合った饅頭

子供の頃、一度だけ作文で賞をとったことがある。家族にも友人にも言わず、ひっそりと書いて、公募している新聞社に送った。

ある日、大きな盾と祝儀袋に入った五万円が送られてきた。新聞で発表されたはずなのに誰も読んでおらず、何を書いたのか私自身も忘れてしまっていて、家族も盾と賞金をひっくり返してみては、本当のことなのかと半信半疑だった。

五万円を前に家族会議が始まった。今思えば、私が書いたのだから全額私のものに違いないのだけれど、昭和四十年代の五万は子供がもらうには高額すぎたのだろう。

四つ上の兄は、半分を交通遺児に寄付して残りを等分に家族で分けるべきだと言い張ったが、それは通らず、私の記憶では兄と妹に五千円ずつ、家族の何かを買うのに五千円、残りの三万五千円を私が取るということになった。兄は、自分の意見が通らなかったので、すっかりすねてしまい、二階の自分の部屋へ閉じこもってしまった。

私は不思議だった。お金を分けることには異存はない。もらったものは、キャラメルだろうが硬貨だろうが、きょうだいで何だって分けてきたからだ。しかし、私が書いて得たお金の使い道は、兄と何の関係もないはずだ。

スポーツ観戦などで、トイレに行っている間に点が入ってしまうことがあると、オレがトイレにさえ行かなければ勝っていたのに、と大真面目に悔やむ人がいる。本人にしてみれば、ゲームと自分のオシッコはダイレクトにつながっているらしい。こういうのを、何と言うんだろう。

妹は、人の持っているものを何でも欲しがった。私が口の中に入れたお菓子を、無理やりこじ開けて取ってゆく。今、その話をすると「そんな気持ちの悪いことしたっけ？」と顔をしかめるが、それは今はちゃんとした大人になっているからである。あの頃はまだ、自分と他人の境目がよくわからなかったのだ。

大人になった今、たとえ家族でも、私が何かを盗めば法で裁かれてしまうだろう。私は私で、貴方は貴方なのだ。

子供たちだけで留守番の時、家にある一円硬貨をかき集め、当時十一円だった饅頭《まんじゅう》一個を買いにゆき、三人で分けて食べた。あの時の味は、どんなにひもじくても一人ではないという安心の味だったと思う。今、自分で稼いだお金で高級スイーツを買ったりするが、あの時の饅頭ほどには甘くない。

パチンコにはまっていた頃

夏の終わりになると海外の名作文学をよく読んだ。『戦争と平和』『嵐が丘』『風と共に去りぬ』『罪と罰』等々。それらは兄の本棚にひっそり並んでいて、夏休みの宿題をせねばならない私はそこから逃避したくて、ふだんは見向きもしない、カビ臭いビニールカバーがかぴかぴになった本を読みふけった。それは至福の時間で、私は夢中で何冊も読みあさった。

そう言えば、最近「ふける」ということをしていない。せねばならぬことがあるのに、どうでもいいことに熱中してしまうのは私の悪いクセである。しかし、そんな時間が最高に楽しいのである。悪いことをしている、というこの快楽は何だろう。たぶん、人知れず自分だけいいことをしている、というのがいいのだろう。コツコツやってるやつらに、ざまぁ見ろという満足だ。

ハネムーンというのは、訳すると蜜月である。結婚後は、蜜のように甘く濃い時間を一カ月間、持ってよしということなのだろう。この時ばかりは、他のことはすべて免除するので子づくりに励みなさいと、世間から許された時間なのである。もしかしたら、人目をはばからず、思いっきり「ふける」ことができるのは、人生でこの蜜月の頃だけなのかもしれない。

パチンコにはまった時期があって、今思えば、生活そのものにうんざりしていたのだと思う。それを忘れたくて私はパチンコにふけっていたのだろう。ふけりたいという気持ちの裏には、いつも考えたくない現実がぴったりと貼りついている。何かにふけるたびに、それをやっている自分が汚くみっともないことを思い知らされ、その現実を認めたくなくて、さらに背徳にのめり込んでゆく。私はこのことをパチンコで学んだ。

快楽というのはやっかいなもので、すぐに慣れてしまう。そうなると、もっともっととさらに刺激を求める。やりすぎると、それは快楽ではなく、痛みにかわってゆく。耳掃除も、やわらかい綿棒でやわやわやっている時は気持ちいいが、それでは物足りないと金属の耳かきなんかで思いっきりやったら、ひりひりと痛いだけである。「ふける」というのは、気をつけないと自分を傷つけてしまう。

家族に黙って、自分だけみんなより百円高いケーキを食べる、ぐらいの楽しみにとどめておくべきだろう。それの何が楽しいって？　何をやっても自由な人にはわからないだろうなあ。

非日常の空間

大雨だというのに電車に乗って大阪まで来てしまった。途中、神崎川、淀川とあって、こういう時は増水して電車が止まってしまう不測の事態が時折ある。乗車して、お客さんが極端に少ないことに気づき、そのことを思い出した。きっとみんな、こんな時なので外出は自粛しているのである。

デパートに着いてみると、フロアは閑散としている。あまりにも人が少ないと、何かを買いたいという気持ちがわいてこないのはなぜだろう。欲望は、私の中からふつふつとわいてくるものではないらしい。近くに誰かがいて、その人が何かを欲しがるから、私も私もということになるのだろう。

いつもは並ばないと入れない、天井の高い喫茶店で、外の雨を見ながらエッセーを書いていると、私が欲しいと思っていたものは本当はそれほどでもなかったのかもしれない、という気持ちになってゆく。雑誌とか、ネットとか、テレビとか、知人が持っていたとか、そういうどうでもいい情報が窓の外の雨に洗い流されてゆく。

私が本当に欲しいのは、昨日と変わらない一日だ。かわりばえしない、私がよく知っている明日であって欲しい。それがさえない、どんよりしたものでも、私には着なれたセーターのようなもので手放したくない。

台風や地震で、そんな当たり前に来るはずだった明日を失ってしまった人たちが大勢いる。そんな不条理に遭遇したら、私なら「バカにするんじゃないわよ」と毒づいてしまいそうだが、テレビの中の人たちは黙々と散乱した建物のかけらを片づけている。この人たちは、新しい日常をまた一からつくり始めているのだ、と思うと泣けてくる。

私は惨めな気持ちでいた。いったんそう思い込んでしまうと、もうそこから抜け出せない。私の惨めさも外の雨が洗い流してくれないものかと思う。まず、私がするべきことは、ぴかぴかの非日常の空間であるデパートから出ることだろう。私の心の中にある惨めなものを直視して、それを受け入れ、片づけて、新しい明日をつくり始めなければならない。テレビの中で、黙々と片づけをしていた人たちのように。

そう思うのに、私の腰はなかなか喫茶店のイスから上がらない。雨が上がるまで、もう少しだけくよくよしていたい。誰に許しを請えばいいのかわからないけれど、まだまだ時間のかかりそうな私を許して欲しい。

光るドクロ

昔は、下校時になると学校の前に怪しい露店が出ていた。先生に買ってはいけないと注意されているのに、必ず立ち寄ってしまう。

針金でできたゴム鉄砲とかプリズムなどはまだ健全な方で、のぞくと体が透けて骨が見える双眼鏡とか、文字が消える不思議なペンなど、インチキ臭いものが特に人気だった。

その中でことに怪しかったのが光るドクロで、今思えば粘土でつくったドクロの上に蛍光塗料を塗っただけのものだったのだろう。露天商のオジサンは、前にいる一人にだけ黒いビロードの袋をのぞかせる。のぞいた子供が「あっ、ドクロが光っとる」と叫ぶと、見せてもらえないその他大勢は、それが猛烈に欲しくなる。お金持ちの家の子だけが、家にお金を取りに駆けてゆく。もちろん私は、そんなものを買うお金はもらえないので、その子たちの背中を見送り、オジサンの口上をまた最初から聞くだけである。見せてもらえるのは、お金を持っていそうな子たちばかりで、何時間ねばっても、私はその黒いビロードの袋をのぞかせてもらえなかった。

光るドクロの話をすると、ダンナもよく知っていて、なんとそのドクロを買ったのだそうだ。子供の頃、ドクロを買える子は、私とは無縁の人たちだと思っていた。うらやましいという気持ちすらなかった。世の中は、そんなふうに、はっきりと区別されていた。

お金持ちの子たちが送る年賀状は、私が色鉛筆で書きなぐったようなものとはほど遠い、可愛い晴れ着の女の子が印刷された洗練されたもので、それだってもらえるのはお金持ちの子の取り巻きの上流の子たちだった。私は見せてもらうだけである。この世には住む世界が違う人たちがいると私は思っていた。それは格差というより、階級みたいなものだった。民主主義と言っても、日本にもそういうものがつい最近まであったのである。

パワハラがテレビで報道されるのを見るたびに、まだ日本に階級があると思い込んでいる人たちがいるんだわと、ちょっとびっくりする。若い頃に下に見られていた恨みを、偉くなって晴らしたいのかもしれないが、残念ながらそれは昭和の時代のもので、もうすでに機能していない。

まさか、ドクロを買った人と結婚できるなんて、当時の私には想像もつかなかった。それを知って、何かが変わるわけではないけれど、なんだかちょっと得をしたような気がする私もまた、昭和の人間なのだろう。

「みなさんさようなら」

小学校の時、別れの挨拶というものがあった。起立して「先生さようなら、みなさんさようなら」と全員で声をそろえて言うのだが、それがふだんの会話ではないヘンな節まわしだった。

今でもその言い方は体が覚えているのだが、一人で声を出して言ってみると、ちょっと恥ずかしい。

「赤信号、みんなで渡れば怖くない」と言ったのは確かビートたけしだった。うまいこと言うなあと思う。みんなでやると少々悪いことでもできてしまうのが人間である。

私は要領の悪い人間なのか、そういうのに乗っかるのがとても下手だ。クラスで不平不満のブーイングの嵐になった時、たまりかねた先生が「まだ文句を言うヤツは成績を下げる」と怒鳴った。一瞬シーンとなった教室で、「そんなやり方は卑怯だと思うなあ」という私の声だけがいやにはっきり響きわたり、全員が私を見た。

私は引き際というものがわからない人間らしい。楽しいことも辛いことも、その最中にいると、ずっと続くものだと思い込んでしまう。だから辛い時は、このままずっとそうなのかとおんおん泣き、楽しいことが終わる時は、なんで終わってしまうのかと悲しくなる。どうも私は、今しかない人間なのだろう。自分が死んだ後のことなど興味がない。終活とかもたぶんしないと思う。

父が亡くなった時、私が遺品を整理した。取り散らかったメモやノートや写真、飲み屋でもらった歌詞カード、エロ本や週刊誌から切り抜いた記事など、目を通すうちに父の若い頃から晩年までが、いろんな形で私の目の前にあらわれ、思わず涙ぐんだり笑ったり、優しい気持ちになったり、父のために怒ったり、その経験のおかげで私は父の死をすんなり受け入れることができたんだなあと思う。

終活はけっこうなことだと思うのだが、生きているうちにさんざん人の面倒を見た人は、死んだ時ぐらいやり散らかして去ってもバチは当たらないと思う。というか、何もかも整理しすぎて去られると、残された人は寂しいものである。

このエッセーもまた、何のまとまりもなく気ままに書き散らかして、今日で終わってしまう。こんなものでも、誰かの人生の断片になるのだろうか。なんてことのないレシート一枚が私の人生の一部であるように。私が死ぬ時はヘンな節まわしで、「みなさんさようなら」と言ってみよう。

ラジオドラマ

け・へら・へら

作・妻鹿年季子

あらすじ

智子は入社九年目のＯＬ。なぜか小さな島の集団見合いのツアーに参加することになりました。その出発日、今は会社をやめてキャッチセールスをする安江と偶然会い、一緒に行くことになってしまいます。幸せをさがしに出かけた二人でありますが、なにしろ何も無い田舎。日頃考えないこともつい考えてしまうほど時間がありあまるわけです。宿舎での夕食前の退屈な何時間かを、二人がいかに時間潰しするかというのがこのお話であります。

宿に居る目的は、一応は結婚です。しかしそれはあくまでも一応であって、本人達は中々その気にはなれません。居る理由がはっきりしないまま、でもそこに居なければならない。それは、とっても切ないことです。なんだか人生にも似ています。そこに居る理由を見つけられない二人は宿舎を逃げ出します。

逃げて何処へいくのか。島の中を何処へ逃げても同じことです。島を地球に置き換えても同じです。その事は主人公達もよーく知っています。

それならば、楽しい時間潰しをしたい。これは、そういうお話です。

女の子の声、扇風機に向かって歌を歌っている。

女の子　「マハリクマハリタヤンバラヤンヤンヤン、魔法の国からやって来た、ちょっとチャームな女の子」

台所で包丁の音がかすかに聞こえる。

女の子　「ねぇ、お母さん、知ってた？　扇風機に向かって歌うたうとヘンな声になるのよ」

包丁の音。

女の子　「ほら、（歌う）マハリクマハリタヤンバラヤンヤンヤン——ねぇ、お母さんもここに来て歌って、ねぇ」

包丁の音やんで。

母　「歌なんか、忘れたわ」

女の子「何でもいいから、はやく」

母近づいてくる。

母「（咳払い）あーあー」

間。

母「（歌う）私の小さい時、ママに聞きました。美しい娘になれるでしょうか、ケ・セラ・セラなるようになるわーー」

歌い続ける母。

女の子「ねぇ、次私の番」

母「（歌う）先のことなどわからない」

女の子「ねぇ、かわってよ、お母さん――」

母の歌声、次第にオフになって。
かすかに波の音。

智子　「次あなたの番よ」
安江　「センパイまだやるんですか？」
智子　「もういや？」
安江　「いやじゃないけど」
智子　「じゃあやろう」
安江　「こんな殺風景な部屋でさ、いい年した女が扇風機に向かって、歌うたってる姿ってかなりヒサンだと思うなぁ」
智子　「おもしろいって言ったじゃない」
安江　「そりゃあ、初めはおもしろかったけど——一時間もやるんだもの」
智子　「しかたないでしょう。他に時間つぶす方法ないんだもの」
安江　「トランプか何かもってきてないんですか？」
智子　「トランプなんて思いつかなかったわ。遊びの旅行じゃないし」
安江　「そりゃあ、そうだけど」
智子　「はい、あなたの番。『わ』よ」

安江「わ、わっわっわっ――（歌う）わたしばかよねーおばかさんよねー」
智子「イヤイヤやってる」
安江「（気を入れて歌う）うしろゆーび、うしろゆーびさされても――の『も』」
智子「もっ？――ももも――」
安江「センパイ、ひょっとして、運動部でした？」
智子「文化部。ＥＳＳ」
安江「でも根性あるんだわー」
智子「あんたがなさすぎるの」
安江「そりゃあ、私はセンパイみたいに同じ会社で九年も我慢出来ません」
智子「（歌う）もーもたろさん、ももたろさん。おこしにつけた――『た』ね」
安江「センパイ、童謡に強い！」
智子「あなたこそ運動部でしょう」
安江「わかります？」
智子「センパイなんて呼ぶんだもの」
安江「ヤですか？」
智子「あなたが会社やめて、もう三年もたつのよ。今さらセンパイもコウハイもないんじゃない？」

安江「もう、三年もたちます？」
智子「私が営業にいた頃だから」
安江「そうかー三年かぁ」

間。

智子「ねぇ、どうしてやめたの？」
安江「だって、タイクツだったもの」
智子「――」
安江「毎日おんなじことの繰り返し。伝票の整理、旅費の精算、同じ時間にお茶入れて、ゴムの木に水やって――センパイあきません？」
智子「とっくの昔にあきてる」
安江「あータイクツ、だ」
智子「おなかすいた」
安江「夕御飯、七時でしたよね」
智子「そう、今何時？」
安江「五時十五分。あと二時間もある」

智子　「五時十五分？　会社の終わる時間？」

安江　「ほんと」

智子　「今頃みんな化粧直ししてる」

安江　「街はいつもとおんなじなんだろうな。私はここにいるのに」

智子　「この時間、かきいれどきなんじゃないの？」

安江　「私の仕事の？」

智子　「そう。勤め人がドッとでてさ」

安江　「そうね、みんなヒモがほどけたみたいにゆらゆら歩いてるね、きっと」

街の雑踏。

歩いている。その足音にぴったりとついてくる別の足音。

安江　「ねぇ、ちょっといいかな。彼女、肌がきれいなのね。きめが細かいのよねぇ。でもちょっとシミがあるみたい。もったいないわぁ。ねぇ、エステなんて興味ない？」

立ち止まる。

安江　「ちょっとさ、来てもらうだけでいいんだけど」
智子　「——岡本さんじゃない？」
安江　「えっ？」
智子　「岡本安江さん——、でしょう？」
安江　「——」
智子　「わたし、西沢、西沢智子」
安江　「センパイ？　何してるんですか？　こんなところで」
智子　「そっちこそ」
安江　「あっ、いやだなぁ。私」
智子　「ちっとも変わらないのね」
安江　「センパイ、きれいになっちゃって」
智子　「肌のきめが細かくなった？」
安江　「いじわるだなー」
笑う。
安江　「センパイは今、何やってるんですか？」

智子　「同じ会社にまだいる」
安江　「へー、結婚しないんですか」
智子　「今からしにゆくところ」
安江　「えっ？　今から？」
智子　「今から相手をさがしにゆくの」
安江　「どこへ」
智子　「ここじゃないところ」
安江　「なんです、それ」
智子　「フフこれよ（鞄からゴソゴソと紙っきれを取り出し安江に渡す）」
安江　「（読む）花嫁募集ツアー。青い海、誠実な青年達とのほのぼのとした語らい。都会にはない安らぎをきっと感じることでしょう。へー、何これ？」
智子　「旅費はこっちもちだけれど、むこうの滞在費はみてくれるの」
安江　「それで？」
智子　「安く旅行出来るってわけ」
安江　「でも、これって集団見合いでしょう」
智子　「そう、いい男がいるかもしれない」
安江　「それはないんじゃないかな」

智子　「夢ないのね」
安江　「苦労してますから」
智子　「ねぇ、行かない？」
安江　「私？」
智子　「実はさ、一緒に行くはずだった子がパスしたの。土壇場になって彼に怒られるっていうの」
安江　「へー」
智子　「でも無理かぁ、仕事あるものね」
安江　「――で、センパイ、本当に花嫁さんになる気？」
智子　「えっ、ないわよそんなもの。サイパンとかハワイとか、もうあきちゃったし、変わった旅行したいじゃない」
安江　「ひょっとして、ひょっとするという付録もついている」
智子　「そうそう」
安江　「やーめたっ！」
智子　「えっ？」
安江　「仕事――やめてくる。ちょっと待ってくれる」

安江、走ってゆく。

智子「ちょっと、やめるって――」

安江「(遠くから叫ぶ)私も幸せになる」

窓を開ける。

さらに近くに聞こえる波の音。

安江「波ってあきないのかなぁ。行ったり来たり。同じところばっか」

智子「波なんてまだいいほうよ。グアムのナマコなんて最低。ただ波のなすままに揺れてるだけなんだから」

安江「いやだなぁ、そういうの」

智子「でも、なんかうらやましい」

安江「ナマコが?」

智子「あなたも」

安江「私?」

智子「あんなに簡単に仕事やめるんだもの」

安江　「大した仕事じゃないから」
智子　「それでもびっくりしたなぁ、急にやめるなんて」
安江　「ふふ、どこかへ行きたかったんだ」
智子　「どこかって？」
安江　「どこでもいいの。そこに行けば必ず幸せになれるっていうところ」
智子　「ザルツブルク」
安江　「えっ？」
智子　「ザルツブルクよ、それ」

激しい雨。
戸がガタンと閉まり、あわただしく入ってくる足音。

女の子　「お母さん、雨、雨よ。洗濯物——」

間。

女の子　「お母さん、どこか行くの？」

母　「どうして？」

女の子　「だってお化粧している」

母　「いいところ」

女の子　「どこ？　ねぇどこなの？」

母　「お父さんに内緒よ」

女の子　「うん」

母　「じゃあ、ゆびきり」

女の子　「ゆびきりげんまん、うそついたら針千本のーます。ゆびきった」

母　「(ヒソヒソ声で) あのねーザルツブルク」

女の子　「ざるつぶるく？」

母　「そう、ザ・ル・ツ・ブ・ル・ク」

母のクスクス笑う声。

雨の音。

やがて消える。

安江　「ザルツブルクってどこですか」

智子　「モーツァルトの生まれたところ」
安江　「そこに行けば幸せになれるんですか」
智子　「母はそう思っている」
安江　「具体的ですね」
智子　「母は音楽をやりたかったから」
安江　「ふーん」
智子　「結婚したから断念したって言ってる」
安江　「へー」
智子　「でもね、才能なんてなかったと思う」
安江　「――」
智子　「どこでもよかったのよ。そこに行きさえすればって思えるところなら。現実から逃げられるところなら」
安江　「それがザルツブルク？」
智子　「そう、何も出来ないくせに、自分にはすごい生き甲斐が待っていると思い込んでいるだけ」
安江　「――自分にすごい生き甲斐があるって思っちゃあいけないですか？」
智子　「別にいいけど。そんなもの、そうそうあるわけないでしょう」

安江「なんか——センパイ変わった」
智子「えっ？」
安江「前はそんなこと言わなかったと思う」
智子「（笑う）」
安江「なんで笑うんですか」
智子「前ってどんなだったわけ？」
安江「どんなって——夢があった。何か出来るって思ってた。いつもキラキラしていた」
智子「ワンパターンな言い方」
安江「どうしてちゃかすんですか」
智子「——もう思えないもの。——そんな楽天的には」
安江「——」
智子「もう私達は夢なんか見られなくなっちゃったの」

木琴の音がぽろろんと鳴る。

女の子「（ブツブツ）そこをのきなさい。私はこの国のおきさきです。いやです。私の宝物が悪者にぬすまれたのです。見つけるまでは絶対絶対絶対、絶対が十コつくぐらい絶対のきません。あーん、お母さん。そこふんじゃあダメ」

母　「洗濯ばさみがないと思ったら――」

女の子　「あーん、それ宝物。もってっちゃあダメ」

何かが落ちる音。

安江　「あー、いいもの見つけた」

安江、這っていって何かを拾う。

智子　「何よ」

安江　「フフフ」

智子　「何よ、見せなさいよ」

安江　「へへへ」

智子　「ちょっと見せなさいったら」

もみあう二人。

智子　「なんだ、洗濯ばさみ」
安江　「ピンクと水色」
智子　「なんでこんなものがここにあるの。誰か生活してるのかしら」
安江　「ねっ、恋人みたいね」
智子　「夫婦よ。それも倦怠気味の」
安江　「どうして？」
智子　「色あせてるじゃない」
安江　「センパイって、どうしていつもそうなの」
智子　「そうって？」
安江　「夢がないんだから」
智子　「本当のことだもの」
安江　「これは、昔別れた恋人同士」
智子　「へー」
安江　「それでもって、二十年振りに再会したのよ」
智子　「ふーん」
安江　「気のない返事」

智子　「なんで別れたの？」
安江　「うーん、女のほうが――」
智子　「女って、ピンク？」
安江　「そう、このピンクが若い時、水商売のバイトしてたわけ」
智子　「ほー」
安江　「水色のと結婚する約束したのね」
智子　「ふーん」
安江　「でも、水色の父親がピンクが水商売していたことを知って、すごく結婚に反対したわけ」
智子　「どうして」
安江　「どうしてって、センパイ、家柄とかあるでしょう」
智子　「水色の家柄はよかったわけ？」
安江　「そう、水色はまだ若かったし、親に逆らえなかった」
智子　「へー、それで？」
安江　「それでこの二人は別れちゃった」
智子　「なんて男」
安江　「でも二十年振りにこうして会えたというわけ」

智子、安江の洗濯ばさみをとろうとする。

安江「センパイ何するの」

智子「水色、捨ててくる」

安江「(奪う) なんで——せっかく二十年振りに会ったのよ」

智子「そんなもの捨てればいいの」

安江「いやよー、ピンクはまた一人ぼっちになるじゃないの」

智子「かしなさい捨ててきてあげる」

安江「センパイやめてよ」

もみあう二人。

安江「センパイ、男の人知らないんだ」

動き止まる。

智子「何よ急に」
安江「えーっ、そうなの？」
智子「返すわよ、はい（洗濯ばさみ返す）」
安江「ねぇねぇ、そうなの？　本当にバージンなわけ？」
智子「もういいじゃない」
安江「そうかぁ」
智子「あのね」
安江「何」
智子「あるわよ」
安江「何人？」
智子「――三人」

オルゴールのような音で、「ケ・セラ・セラ」がかすかに流れる。

母「三人いたのよ。一人はお医者さんの卵、ステキな人だった。妹みたいに可愛がってくれた。ほら、電車に乗ったら見えるでしょう？　海岸通りにある綿貫医院。古い洋館の。不思議ね、もしかしたらそこの奥さんになってたのかもしれないなんて――

女の子　もう一人は、小説の勉強してた人よ。今、何してるのかな。たぶん学校の先生ね。――いいえ、まだ書いてるかも知れない。そうよ絶対書いている。途中でやめるような人じゃなかった。そうよ、そうに決まってる――」

母　「今で二人」

女の子　「三人目はサラリーマン。お父さん。結婚して、それでオシマイ」

母　「結婚したらオシマイなの？」

女の子　「白雪姫もシンデレラも結婚したら皆終わり」

「つまんないの」

オルゴールの音ピタッと止まる。

智子　「つまんない」

安江　「何が？」

智子　「三人だろうが、五人だろうが――結局何になるっていうのよ。くだらない」

安江　「そうかな――なるよ。それで生きていけるよ」

智子　「そんなことで生きるなんて最低」

安江　「そうかなぁ」

智子　「――もっと、何て言うか――あるでしょう。もっと人間ならやらなくちゃいけないこととかさ」
安江　「何よそれ」
智子　「だから、あるでしょう！」
安江　「ああ、もっと意義のあること？　細菌の研究してノーベル賞もらうとか。人類平和の為に命かけたりとか？」
智子　「――」
安江　「とんでもないところに橋かけたりするとかさ、世界中の小麦粉を買い占めたりとか？」
智子　「――あんまりしたくないね」
安江　「御飯おそいなぁ――あの、秋山さんっていう人が言いにくるのかな」
智子　「秋山さん？」
安江　「ほら、お世話係の人？　市役所の人で」
智子　「秋山さんは、いつも何してんだろう」
安江　「デスクワークでしょ」
智子　「毎日楽しくやってるのかな」
安江　「私、あの人苦手だな」

智子　「何が生き甲斐で働いているんだろう」
安江　「私に説教するのよ」
智子　「説教？」
安江　「あなたみたいなきれいな人なら、何もこんな田舎の花嫁ツアーに申し込まなくてもいいんじゃないですかって」
智子　「それって説教？」
安江　「と思う」
智子　「いつ？」
安江　「あれっ、センパイいなかったっけ」
智子　「知らない」
安江　「都会で遊ぶみたいにはするなって釘さされたの」
智子　「（つぶやく）私言われてない」
安江　「そんなこと言われてもさ、遊びようがないと思わない？　めぼしいのなんてゼンゼンいなかったよね」
智子　「どうして、私だけ言われなかったのかしら」
安江　「えっ、いやだなぁ、センパイが、その場にいなかっただけですよ」
智子　「そうかな」

安江　「そうですよ」

智子　「私って、きれいじゃないもんね」

安江　「またまた、センパイ」

智子　「遊ぶようには見えないし」

安江　「よかったじゃないですか」

智子　「どうして、バカにされてるみたい」

安江　「世の中、そういうことって大切ですよ」

智子　「そういうことって？」

安江　「それらしく見えるってこと。内容なんてあってもなくても同じってこと」

智子　「そうかしら」

安江　「そうですよ。ＯＬらしく見える、主婦らしく見える、そういうのって、なんか安心だもの」

智子　「うん」

安江　「センパイって見るからにＯＬって感じだもの」

智子　「やっぱりバカにしてる」

安江　「ねっ、私は何に見えます？」

間。

智子「女」
安江「それだけ？」
智子「それだけじゃいや？」
安江「いやだなぁ。ジャズダンスのインストラクターとか」
智子「見えない」
安江「やってたのよ」
智子「へー」
安江「生徒のままで終わったけど」
智子「なんだ」
安江「性格に、あわなかったみたい」
智子「でしょうね」
安江「インテリアコーディネーターにもなりたくてさ」
智子「色々やってるのね」
安江「教室へ行った」
智子「ならなかったの？」

安江 「テストがあるっていうんだもの」
智子 「何、それ」
安江 「国家試験」
智子 「へー」
安江 「で、それもやめた」
智子 「やめてばかりじゃない」
安江 「だから言ってるでしょう。私はセンパイみたいに根性はないって」
智子 「私だって根性ないわよ」
安江 「でも、同じ仕事続けてる」
智子 「惰性よ、ダ・セ・イ」

間。

安江 「ねっ、ここで結婚しちゃおうか」
智子 「本気?」
安江 「あの、洋平とかいう人センパイに気があるんじゃないかな」
智子 「だれ、洋平って」

安江　「バスの中でカラオケやった人」
智子　「あー」
安江　「ラブイズオーヴァーなんか歌ってさ」
智子　「何考えてるんだろうって思った」
安江　「選曲はまずかったけど、声はしぶかった」
智子　「そう?」
安江　「目はちょっとはなれてるけど」
智子　「言えてる」
安江　「でも、ちょっとあさぐろくていいじゃない」
智子　「あなた」
安江　「えっ?」
智子　「あなた、自分は石崎さんとかいう人にするつもりでしょう」
安江　「わかります?」
智子　「人にはヘンなのおしつけて、自分ばっかりいいの取るんだから」
安江　「ひょっとして、センパイも目つけてました?」
智子　「そういうわけじゃないけど、やっぱり顔、一番いいもん」
安江　「ほら、身長がさ、センパイとはあわないと思ったから」

智子「私、身長なんて気にしないの」
安江「センパイってすぐ人の欲しがるんですね」
智子「あのねー、あなたのものじゃないでしょう」
安江「今のところはね」
智子「あきれた」
安江「私達、ここで幸せに暮らすもん」
智子「あっ、そう」
安江「あの人、市役所に勤めてるから帰ってくるのなんて五時よ」
智子「そんなに早く帰ってきて何するの」
安江「センパイの洋平さんは、酒屋さんだっけ？」
智子「私のじゃない」
安江「いいなぁ、センパイずっと一緒なわけ？　うらやましい」
智子「私、酒屋なんてやんないわよ」
安江「でも、似合う。絶対いい。子供育てるのもいい環境だし。海も近いし」
智子「それはね」
安江「魚もおいしいし」
智子「魚おろせるの？」

安江　「あっ」
智子　「おろせないの？」
安江　「そうか、そういう問題があるのよね」
智子　「パックのきりみじゃ売ってないよ、きっと」
安江　「どうしよう。センパイは出来るんですか」
智子　「――――出来ない」
安江　「どうするんですか」
智子　「うちは魚なんか食べない」
安江　「お料理教室いったほうがいいかな」
智子　「私の叔父さん、魚屋さんやってるよ」
安江　「えーっ、教えてもらえるかな」
智子　「いいわよ。言っとく」
安江　「よし、その問題はそれでよし――――あと問題なのは――――洋服をどこで買うか」
智子　「それは失礼なんじゃない。それぐらいこの辺に売ってるわよ。商店街だってあったし」
安江　「だって、好きな店があるもん」
智子　「大阪に？」

安江　「好きな店で服買えないなんて、さみしすぎる」
智子　「おおげさね」
安江　「パーマ屋さん！」
智子　「えっ？」
安江　「パーマ屋さんもダメよね」
智子　「当たり前でしょう。髪切るたびに船乗って、列車乗るつもり？」
安江　「いつも行ってるところ、カッコイイおにいさんだったのになー」
智子　「ここで幸せに暮らすんでしょう」
安江　「でもー」
智子　「石崎さんとの愛があるんでしょう」
安江　「そうか」
智子　「相手だって選ぶ権利あると思うけど」
安江　「大丈夫。石崎さん、私のほうちらちら見てたもの」
智子　「そう、よかったね」
安江　「そうだ、うちは女の子生むからセンパイは男の子生みなよ」
智子　「あのねー」
安江　「で、結婚させよう」

智子「あなたと一生ここでつきあうの？」
安江「そうよ親戚よ」
智子「息子に酒屋はつがせないわよ」
安江「どうして」
智子「うちの子は東京の学校へ行かせます」
安江「じゃあ、卒業まで待つわよ」
智子「あのねー、息子にも選ぶ権利があるんだからね」
安江「じゃあ、何、うちの娘と釣り合わないって言うの？」
智子「――――」

間。

安江「やだ、センパイ、一人シラケないでよ」
智子「ねぇ、このツアーに来た人って皆、本気で結婚を考えてる人達なのかな」
安江「そりゃあ――――」
智子「私達も？」
安江「さあー」

智子「でもあなた、真剣なんでしょう」
安江「えっ？」
智子「あなた石崎さんと結婚したいんでしょう」
安江「ヤダ、冗談よ」
智子「そう？　本気かと思った」
安江「冗談に決まってるじゃない」
智子「にしては、具体的だった」
安江「おもしろがって言っただけよ」
智子「そうかな――」
安江「無理よ、現実には」
智子「――そうね現実にはね」
安江「でも、こんなのんびりしたところで誠実な人と暮らせたら幸せだろうな」

波の音。

智子「ここで子供生んで？」
安江「そう、ここで洗濯して、ここで御飯作って――」

智子　「そのうち年とって」

安江　「でも、御飯作って、洗濯して」

波の音、ザブリンとひときわ大きく鳴る。

智子　「そして死んじゃうんだ」

洗濯機の回る音。

激しく咳をする母。

女の子　「お母さん、どうしたの？」

母　「うん、風邪ひいたみたい」

女の子　「大丈夫？」

母　「大丈夫じゃない」

女の子　「洗濯やめて寝てたほうがいいよ」

母　「やめたら、あなた達困るでしょう（咳込む）」

女の子　「ほら」

母　「着替えるものがなくなるでしょ」
女の子　「じゃあ、着替えなくていい」
母　「そんなわけいかないでしょう」
女の子　「着替えなくても死なないもん」
母　「(咳) そんなだらしないこと (咳) 出来るわけないでしょう」

洗濯機に洗濯ものをほうりこむ。
洗濯機の音と母の咳、次第に遠のいてゆく。

智子　「何してるの?」
安江　「荷物つめてる」
智子　「どうして?」
安江　「帰る」
智子　「帰る?　だって後一日あるのよ」
安江　「でも帰る」
智子　「どうして?」
安江　「どうしてって、どうしても」

智子「ヘンなコね」
安江「私あきちゃった」
智子「えっ?」
安江「この島にいるの、波の音もあきちゃった」
智子「後一日ぐらい我慢しなさいよ。第一今帰ったらお世話係の人もヘンに思うし」
安江「センパイ――」
智子「えっ?」
安江「センパイはそうやって我慢してきたんだ」
智子「――」
安江「後一日、後一日って我慢して、ちゃんとやらなくっちゃって会社もやめないわけだ」
智子「いけない?」
安江「そんなこと私は出来ない」
智子「あなたはそうやって、いろんなことを中途半端にやってきたの?」
安江「――」
智子「言い過ぎたらゴメン。でもそうやって逃げてばかりで何になるの?」
安江「お説教ですか」
智子「別にそういうわけじゃないけど」

安江　「センパイこそ」
智子　「うん？」
安江　「そうやって、我慢して何になるんですか」
智子　「――」
安江　「――」
智子　「何にもならないって言うの？」
安江　「――」
智子　「（笑って）別にいいでしょう」
安江　「――」
智子　「あなたみたいな、チャランポランな人に言われりゃ世話ないわよね」
安江　「――チャランポランって私のことですか」
智子　「――」
安江　「そんな風に思ってたんだ」
智子　「――」
安江　「（財布からお金を出す）お金」
智子　「何？」
安江　「借りてたから、ジュース代百円」

智子「いいわよ」
安江「ちゃんとしたいから」
智子「――」
安江「じゃあ」
智子「――」
戸を開けて出てゆこうとする。
安江、戸をガチャガチャするが開かない。
ガチャガチャやってる。
智子、寄ってくる。
智子「どうしたの？」
安江「ちょっと、これヘン」
智子「何が？」
安江「――鍵掛かってる」

智子　「えーっ、うそっ！（もガチャガチャやる）」
安江　「ねっ！」
智子　「ほんとだ」
安江　「どうして？　ねぇ、私達、鍵なんてもらった？」
智子　「もらってない」
安江　「――」
智子　「――」
安江　「今、何考えた？」
智子　「あなたこそ」
安江　「私達、売られるんじゃないかなって」
智子　「――」
安江　「いやだ、真面目な顔しないでよ」
智子　「ねぇ、私達って売れるのかな」

間。

二人　「（笑う）」

安江　「(笑う) そうよね」
智子　「(ガチャガチャする) ヘンねぇ、やっぱり開かない」
安江　「かして (ガチャガチャやる)」
智子　「大声だす?」
安江　「恥ずかしくない?」
智子　「うん」
安江　「いやだな」
智子　「うん?」
安江　「かっこよくバンッて出て行きたかったのに」
智子　「フフ、ドアが開かない」
安江　「最低」
智子　「でも、おかしい」
安江　「なんか――楽しくなってきた」
智子　「閉じ込められたのよ」
安江　「昔さあ、お姫様が洞窟かなんかに閉じ込められる話好きだった。縛られて、鞭《むち》かなんかでたたかれるの」
智子　「あぶないなぁ」

安江　「ドキドキしてそこばっかり読んだ」
智子　「よくサーカスに売られるって言われた時はドキドキしたけど」
安江　「昔は売れたんだ」
智子　「今でも、売り買いあるもんね」
安江　「うそっ」
智子　「だって農村で東南アジアからお嫁さんもらうって話あるじゃない」
安江　「あれって人身売買だったの?」
智子　「そうじゃないけど、結局はそうでしょう。四百万円ぐらいかかるんだって」
安江　「へーっ、四百万円で結婚出来るのか」
智子　「お金さえあれば何でも出来るのよ」
安江　「なんか、銭形平次の世界ね。悪代官が嫌がる女ににじり寄ってさ、金ならあるとか言っちゃってさ小判ザァーって撒《ま》くの」
智子　「この間、会社でさ、課長が電話してるの。飲み屋の女将さんに芸者さん頼んでるの。接待するから呼んでほしいって。芸はあるけど年とったのがいいか、芸はないけど若いのがいいかって——私、試算表作ってて縦横の足し算あわなくって。そしたら課長ヘラヘラ笑って若いほうがいいなって言うの——私、どうしてかな、その時涙がでて止まらなかった。くやしくてトイレで泣いた」

安江「――」
智子「――」
智子「(ため息)もっと誇りをもって生きたいなぁ」
安江「うん」
智子「――ここから出よう」
安江「えっ?」

智子、荷物をつめる。

安江「出るって?　鍵掛かってるのよ」
智子「窓から抜け出す」
安江「あーそうか、でも二階よ」
智子「二階ぐらい」

窓を開ける。
波の音。

智子　「高いのね」

安江　「どうする？」

智子　「ストッキングない？」

安江　「ストッキングなんてどうするの」

智子　「つなげて降りるの」

安江　「センパイ本気？」

智子　「本気」

女の子の「ケ・セラ・セラ」を歌う声が聞こえてくる。

扇風機の前で歌ってる。

女の子　「美しい娘になれるでしょうか。ケ・セラ・セラなるようになるわ。先のことなどわからない」

母　「ちゃんとおもちゃ片づけなさい」

女の子　「ダメ、その積み木さわっちゃダメ」

母　「どうして」

女の子　「その中に女の子が二人、閉じ込められてるの」

母　「へーっ」
女の子　「魔法がかかってるから出られないんだから」
母　「可哀そうじゃない」
女の子　「でも大丈夫」
母　「わかった、王子さまが助けにくるんだ」
女の子　「そうじゃないの、自分達で逃げるの。そのほうがおもしろいでしょう?」
母　「あっそう」
女の子　「すごい崖っぷちを二人して逃げるんだけど、後ろから追手がやってきてピストルばんばん撃つの。腕撃たれて、血も出るけど、とにかく逃げるの。森があって小人が住んでて、そこで傷の手当てしてもらうんだ」
母　「そこで幸せに暮らしたの?」
女の子　「ううん、追手はまだやってくるの。だから千里走る靴をもらってまた旅に出るの」
母　「なんか終わらないのね」
女の子　「そうよ、だって終わったらつまんないでしょう。千里走る靴はお風呂屋さんに行った時誰かが間違えて持ってっちゃって二人は探すんだけどなかなか見つからなくて――」

女の子の声次第にオフになり。
二人が砂浜を走っている。激しい息づかい。

智子「もう、ダメ――」
安江「どこへ行くの？」
智子「知らない」
安江「センパイ休もう」
智子「うん」

二人、止まる。息を整える。

安江「私達――何から逃げてるんだろ」
智子「わからない」

波の音。

安江「夜の海ってコワイ」

智子　「――」
安江　「見て、星が落ちてきそう」
智子　「ワンパターンな言い方だけどぴったりよね。本当に落ちてきそう」

波の音。

智子　「洗濯ばさみの話」
安江　「えっ」
智子　「本当の話なんじゃないの？」
安江　「――、本当に結婚がおじゃんになっちゃった」
智子　「――」
安江　「それがすごい偶然で、お父さんが私の店に来て、それでばれちゃった。あんなことあるのよね」
智子　「――」
安江　「やっぱり私、チャランポランかなぁ」
智子　「そんなことない。私のほうがいいかげんよ」
安江　「ううん、センパイはちゃんとしてる」

智子「ちゃんとしてるね――」

安江「うん、私なんかと全然違う」

智子「思い切って言うと――笑われそうだけど」

安江「何?」

智子「私、バージンなんだ」

安江「三人って――」

智子「見栄はったの」

安江「――なんでそんなうそ――」

智子「あなただって水商売してたこと黙ってた」

安江「別に隠してたわけじゃないけど――そりゃあ知られるのイヤだったけど」

智子「私達って不便なところで暮らしてる」

安江「そうだ――(ゴソゴソ何か出す) あった」

智子「何?」

安江「――(海に何かを投げる)」

波の音。

智子　「何投げたの？」
安江　「水色の洗濯ばさみ」
智子　「あっ」
安江　「(ため息) これでピンクは一人ぼっちになってしまった」

波の音。

智子　「いやだなぁ」
安江　「何が？」
智子　「いろんなこと」

波の音。

安江　「海の魚になれたらいいね」
智子　「本当」
安江　「センパイ何がいい？」
智子　「うーん、高いのがいい」

安江「鯛とか？」
智子「平目とか」
安江「私、ちっちゃな魚がいいな」
智子「本当に？」
安江「つまんないかな？」

波の音。
突然立ち上がり、海に向かって走る智子。

安江「センパイ？」

ザブザブ海に入る智子。

安江「どうしちゃったんですか。センパイ」
智子「(叫ぶ) ちょっと死んでくる」
安江「冗談でしょう？」

ザブザブ入る智子。

安江「本気？」

安江、智子をとめに入る。

安江「ちょっとセンパイ、やめて下さい。なんで死ななきゃいけないんですか」

智子「いいことないもん。本当にヤだもの。世の中ぜーんぶヤだもの」

安江「センパイ！　私いやだ。センパイ死んだら私、怒るよ」

智子「バイバーイ」

安江「センパイ、こんなところで死んだら新聞に載りますよ。いいんですか」

智子「――」

安江「センパイ？」

智子「しーっサカナ！」

安江「へっ？」

智子「魚」

安江「どこ？」

智子　「ほら、あそこ」
安江　「ああ、本当」
智子　「私、こっちから追い込むから」
安江　「つかまえるんですかぁ」
智子　「運動部でしょう」
安江　「素手でなんか無理ですよ」
智子　「ほら逃げる」

パシャパシャ魚を追う二人。

智子　「あっ、ほら、そっちへ行った」
安江　「無理だって」

魚を追う。

智子　「あーあ、逃げちゃった」
安江　「すばしっこいから」

智子　「くやしい」
安江　「本当」
智子　「新聞に載るのくやしいよね」
安江　「えっ?」
智子　「オールドミスの悲劇。結婚出来ずに絶望して自殺なんてさ」
安江　「皆、やっぱりなーって納得するだろうな、きっと」
智子　「そんなの絶対いやだ」
安江　「そうですよ、センパイ」
智子　「絶対絶対いやだ」
安江　「(叫ぶ)絶対いやだ」
智子　「(叫ぶ)わたしもいやだ」
安江　「(叫ぶ)私、生きるもんね」
智子　「(叫ぶ)おばあさんになるまで生きるもんね」

ひときわ高い波の音。

安江　「あーあ」

智子　「何？」
安江　「センパイのスーツびしょびしょ」
智子　「四万八千円」
安江　「人のこと言えないなぁ、私もびしょぬれだ」
智子　「二人ともひどい恰好よねぇ」
安江　「ほんと」
智子　「私達、何に見えるのかな？」
安江　「――ただの女」

間。

智子　「それでいいや」
安江　「私も」
智子　「さて、そろそろ行こうか」
安江　「えーっ、まだ走るの？」
智子　「そう、ザルツブルクまで」

女の子　「ケ・セラ・セラなるようになるわ。先のことなどわからない」

走り出す智子。渋々走り出す安江の足音、次第に遠ざかる。
扇風機の前で歌う女の子の歌声。

歌声、次第にオフになり。

（終わり）

1988年3月27日（日）22時15分～22時58分　NHK　中部ラジオ小劇場
（NHK名古屋放送局　昭和62年度創作ラジオドラマ脚本コンクール入選作）

思いのほか長くなってしまったあとがき

「ぱくりぱくられし」という題名は、劇作家の花登筺《はなとこばこ》氏の『私の裏切り裏切られ史』(朝日新聞社)という著作からとった。テレビ業界の内幕を描いているのだが、そこで裏切られた人たちへの恨みつらみが実名入りで書かれていて、花登さんの心のうちがひしひしと伝わってくる、とてもおもしろい本である。

私たちも、それにならって実名入りの胸がすくような本を書きたかったのだが、それは大人げないと思い、内容は当たり障りのないものになってしまった。とは言え、それではこちらの気がおさまらないので、当事者が読めばわかるように書いておいた。

縄文猫と弥生犬というのは、ダンナが考えた呼び名である。妻である私は縄文時代が好きだからなのだが、顔もどちらかといえば濃く、先祖は縄文人だったと信じている。ダンナはあきらかに大陸から来たらしいのっぺりした顔で、家では弥生人だということになっている。おおらかで、でも規律を守るダンナは、まさしく犬である。犬は前足を重ねて、その上に頭をのせ、ぼんやりしている時が一番幸せな時間なのだそうだ。ダンナも同じで、ゴハンを食べた後など、たゆたゆとしている時が満ち足りた時間だ。一方、私の性格は、気ままで絶対に人の言うことを聞かないので、猫なのだそうだ。自分は気ままに過ごせているので、人にこうしろと強いることはしない。ダンナの方も、自分が幸せなので、人に不幸になれとは思わないようだ。

私たちは二人で木皿泉のペンネームを名乗る夫婦の脚本家だが、文章は基本、妻である縄文猫の方が書いている。昔の約束では、脚本以外の活字の仕事は弥生犬がすると決めていたが、彼は大きな病気をして左半身が動かなくなってしまい、ワープロが打てなくなってしまった。それ以来、弥生犬は主にインプットを、縄文猫はアウトプットをそれぞれ担当するようになっていった。

本書に出てくる本の引用はすべて弥生犬が選んだものである。その選択は節操がなく、よく言えば偏見がなく多岐にわたっている。読み返してみると、脚本家としての、あるいは小説家としての木皿泉の源泉はここにあるのだなぁと改めて思う。我々の作風もまた、節操がない分、偏見もなく、何もかも詰め込んだ、ごった煮のようなものだからだ。

こうあらねばならない、というのは私たちにはない。それは人は日々変わってゆくものだと思っているからだ。私たちの興味は、次から次へと移ってゆく。なので、ここに書かれているエッセーも、今読むと少し違うかもしれないなと思うところもある。それをいちいち訂正してゆくときりがないので、そのまま載せている。今の世相と合わない部分は大目にみていただきたい。

「嘘のない青い空」は産経新聞に毎週連載していたエッセーで、信頼していた複数の人たちに裏切られていたことを知って、少々暗い気持ちの頃だった。そのことが、書いている内容にも反映されているかもしれない。しかし、弥生犬の方はたとえ人に裏切られても全然平気で、私が泣いている横で「おにぎり、うまいなぁ」などとのんきだったので、傷ついている自分がバカバカしく思えてきて、まっいいかと思えるようになった。

最後のラジオドラマのシナリオは、縄文猫の方の本当のデビュー作で、プロデューサーは当時OLだった私を収録に呼んでくれた。そこで私は驚いた。仕事とはミスなく、速く処理することだと思っていたのに、その現場はまるで違っていたからだ。納得がゆくまで何度も録りなおすディレクター。自分はこうしたいと、とことん話し合う役者。効果音担当は、金魚すくいで使うより大きめの丸い枠に硫酸紙を貼ったものを自分でつくって持って来ていた。子供が扇風機の前で歌うシーンで声を震わせるためにである。それを使って、大人たちが何度も何度もテストを繰り返し、調整してゆく。そこにいる人すべてが、できうる限りの最高を目指して、時間内にやり遂げようとしていた。そして、そんなに力を尽くした後でさえ、あそこはもっと何とかしたかったなぁと悔しそうなのである。

まだ作家になるつもりなどなかった私は、その帰り道、こういう仕事をしてみたいと決意し、脚本家になった。あの日以来、私はものを書く仕事に関しては、効率など考えたことはない。その時の自分たちができうる限りのベストを尽くしてきた。それは、仕事とはそういうものだと教えてくれた人たちがいたからである。

私を裏切った人たちのことを、「いなくなってしまえ」と思う日もあったが、考えてみれば私がそんなことを思わなくても、いずれその人たちも私も死ぬ日が来るのだと気づき、なんだか無駄な感情だなぁと思うようになった。その後、私の知らないところで、私を助けてくれていたということを知った。人はずっと同じところにとどまってはいないのである。怒りの中にとどまっている私もまた、そこから抜け出してゆくだろう。弥生犬のように、満ち足りた顔で、みんなの幸せを願うのが、自分自身が幸せになる一番の早道なのである。

こんな原稿を、毎回、辛抱強く待ってくれて、一冊の本にまとめてくれたのは、紀伊國屋書店出版部の有馬由起子さんで、彼女には感謝しかない。もちろん、最後まで読んで下さった読者の皆さんにも感謝である。

そして、今、苦しい思いをしているあなたへ。それは永遠には続かないから大丈夫。人はきっと変わることができるはず。この本で、私たちは、自分に向かって、世の中に向かって、そういうことを言いたかったのだと、このあとがきを書きながら今気づいた。

令和元年 夏

木皿泉

「ぱくりぱくられし」と「嘘のない青い空」は、
以下の連載に加筆修正したものです。

ぱくりぱくられし
「scripta」no.24 ～ no.44, no.46 ～ no.47, no.50（2012 年～ 2019 年）

嘘のない青い空
「産経新聞」大阪本社版夕刊　2018 年 4 月 4 日～ 9 月 26 日（週 1 回連載）

木皿泉（きざら・いずみ）

夫婦で共同執筆している脚本家、小説家（和泉務・1952年生まれ、妻鹿年季子・1957年生まれ）。共に兵庫県出身。初の連続ドラマ「すいか」（向田邦子賞受賞）の放送以来、観る者の心にいつまでも残る作品を生み出しつづけている。
他のテレビドラマ作品に「野ブタ。をプロデュース」「Q10」「富士ファミリー」など。著書に、『昨夜のカレー、明日のパン』（本屋大賞第2位、自身の脚本でドラマ化）、『さざなみのよる』（本屋大賞第6位、以上、河出書房新社）、『カゲロボ』（新潮社）、『二度寝で番茶』『木皿食堂』（以上、双葉社）などがある。アニメ映画「ハル」や舞台の脚本も手がけている。

ぱくりぱくられし

2019年8月23日　第1刷発行

著　者　木皿泉

発行所　株式会社 紀伊國屋書店
東京都新宿区新宿 3-17-7
出版部（編集）電話＝03(6910)0508
ホールセール部（営業）電話＝03(6910)0519
〒153-8504　東京都目黒区下目黒 3-7-10

印刷・製本　シナノ パブリッシング プレス

ISBN 978-4-314-01168-6 C0095
Printed in Japan
定価は外装に表示してあります